张乐天 编

南方来信

广西师范大学出版社
·桂林·

小阅读·野

目　录

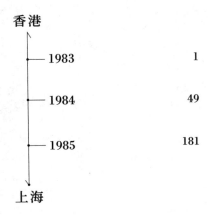

1983

青妹：

　　在他乡的土地上收到故乡亲人的来信，这种激动兴奋的心情是难以叫人理解的。虽然我离开故乡才半个月，可我无时无刻不在思念故乡的一切。我多么希望时针能转快一些，一年的时间能短一些，我能早一些回到生活了二十年的故土，见到日夜思念的郎君。青妹，为了实现一年以后即刻返沪的愿望，从下个星期开始，我将去大伯伯公司工作了，月薪一千到一千二百元①。我想除去车票六十元，弟弟和我自己的零用，以及我晚上补习的学费后，每月留下五百元。这样，一年我就能有六千元。这些钱足够我回来一趟了，你说呢？

―――――――

① 文中"元"，无特别注释，指"港元"。

1983

信中得悉你心情不佳，甚是挂念。事情既然已到了这种地步，你也不必太伤感，当你的理想破灭之后，不应该悲伤，应该乐观一点，继续努力，这一点你可以跟沪生学习学习。噢！在沪时听说九月份有招工考，我想：你不妨试一试，先不管录取与否？如果你在沪没有出路，我会帮你，或者写信向你大伯伯求助，或者想办法给你找个朋友，你感到这样可行吗？

九月初，大伯伯要来沪做生意，如果大伯伯有时间，我会叫大伯伯打电话给你。你到他住的宾馆去一趟，因为我可能会让他把李霞姐姐要的皮带带来。我现在估计，他来沪会住锦江，因为他开的药房是在锦江之内的。

以上这些是九月一日写的。由于上海交通大学的校长来港，我父母去机场接他，家里的酒菜都交给我了。尽管菜不多，但让我一个人独立操作还是

4

头一回，故五点钟就停下笔去准备了。今天上午，我本想继续给你写信的，因妈妈身体欠佳，所以家务我全包了，午饭以后，妈妈让我把替一个亲戚织的一件毛衣织完。因而，我又没能得到写信的机会。现在是晚上十一点多了，家人还都在看电视，我溜进房里便提笔继续写。

你信中附上的那封沪生写给你的信，我每晚偷偷放在枕边看。昨天，我发现了一个问题，他信中说"至今"没收到我的来信，他的信是在八月二十二日写的，而我，在火车上就给他写了一封简单的信。那信是我在下火车后丢进流花宾馆的信箱里的，我看见信箱上的开信时间是早晨九点，也就是说八月十七日上午便发了。我寄的是航空信，我计算了一下，他该在二十日之前收到，不知为何他会说没收到，难道天不助我，信丢了吗？青妹，你如果方便，问问他，我在广州发的信收到没有？我在香港发了三封信及一份八月份的《中外影画》给他，三封信发出的时间分别是八月二十六日（一封），八月三十一日（两封）。三十一日那天下午，我收到你的信，从中得知他将在九月三日去黄山，故一回家就给他写信。我想赶在他离沪之前再让他收到一封我的信，这样也许可以让他玩得更快活一些。信虽写好了，但我准备装入信封时，看了一下日历，糟了，航空信从香港到上海也得五天，这封信最快也得在五日才能到达。我一气就把信撕了。青妹，不知为何，我到港以后心情总是不及在上海的时候，我自己也常常感到寂寞，大立则说我心事重重。唉，或许是香港和上海离得太远之故吧！或许是因为我离不开他。总之，我自己也说不上。

请原谅！我说了半天全是自己的事，我还不知道你和张家林的事处理得如何？黄超考入了哪一个大学？方建平有没有再找过你？金凯、钟建国、陈欢是否问起过我？噢！如果钟建国问你要我的住址，请告诉他我工作单位的地址（九龙尖沙咀金巴利道

×号金巴利中心×室）。李霞也可告诉她这个地址，别人那里暂且保密。

好了，不早了，改日再谈。

祝　快乐！

姐

1983 年 9 月 2 日晚

青妹：

　　自上次收到你的来信到现在已是好多天了，我已经给你发了几封信，但至今未有收到回信，不知为何？甚为挂念。

　　上星期四晚上收到了沪生寄自上海的第一封信，星期日晚上收到他寄来的底片数张，现已冲印完毕。我怕一封信寄不下，故分三封，一封给你，一封给小邵，一封给沪生。关于寄来的照片，除小邵的之外，你及小霞如有喜欢的，请来信告诉我，我给你们印了再寄来。随信寄上的那三张照片，两张我的给沪生，一张我和朋友的合影寄给我的朋友，她叫林夏。地址：五原路 × 号。拜托了，我的好妹妹。

　　从沪生信中得知，他祖母身体欠佳，每晚全家不能安睡，由此，他近来身体很差。但为了不让别人知道，硬是撑着，我十分担心他的身体。你是唯一知道内情的人，我想你会理解我的。本来星期一晚上我打算给他写信，但我自己情绪欠佳，故拖到至今尚未动笔，我不知该如何解决他家中的问题。想了两夜，我有了一个主意。我想，下个月起叫阿姨去帮着他做一些事，我每月给阿姨寄二十元到二十五元。这样，我想可能会解决一些问题，但又不知沪生会不会同意。唉！我真恨死了，青妹，自从上班以来，我是有得有失，而且十分难处理人事关系。上海呢？两个老人都不好，叫我不放心。我是一肚皮的话不知从何跟你讲起，那么一张白纸的你让我说什么呢？说了这样，说不了那样。算了，有些话还是不说为妙，免得大家为我担心。

好了，今天就写到这里了，就此搁笔。

祝　愉快！

姐

1983 年 9 月 13 日晚

（附上修指甲的板一块，这是给你的。）

1983

青妹：

　　天天盼着你的来信，你却让我一无所获。由于这两个星期公司工作甚忙，我每天累得不想动，尽管我非常想你，但还是懒得动笔。今天公司又在外开工，因所需的玻璃没货，故五点钟就回家了。吃过晚饭，洗过澡，我便忍不住提笔给你写信了。

　　前两天收到沪生的来信，他说你在做临时工，你对目前工作不满意，他正在替你想法找夜中学。我很赞成他的想法和做法，因为多学一点对你来说利多失少，或许你现在对于多学点东西有好处是没体会，但将来一定会体会到的。今天是我去公司工作满一个月的日子，也是弟弟的生日。早晨我拿了第一个月的工资便去开工地点帮忙，下午回家我买了很多水果，有给阿爹的、弟弟的，也有给妈妈的。

南方来信

回家之后我问过弟弟便又去菜场买菜，因为他吃菜很挑食，我喜欢的，他未必满意。买买菜回家，妈妈还未从公司回来，于是我又去小贩市场买自己的东西。因我现在的工作常常在外跑，有时也多干些重活，故高跟鞋对我是不合适了，但我双双鞋有跟，而且有的高三寸。因此，我现在最要紧的是买平跟鞋。事很巧，附近一家店在搞春季末处理，我买到了一双自己满意的凉鞋。虽然这种鞋在港很流行，但在上海却不会有人穿了。因为这是追求自然美，做工极为简单。如果你想知道是怎么样，请看此图（缺）。穿的时候，后面的两根绳绑在脚上就可。你一定会觉得这一点都不美。今天我还买了一条短裙，这裙的料子极普通，泡泡纱似的，样子跟我给你的那条格子裙相似，长度不到膝盖。由于现在年轻人中流行这种裙，故要价二十五元，尽管这不值这个价，但要穿只有买呀。

青妹，我到港一个多月，但外形已看不出是从上海来的了。我出去，别人都会把我当成小广东，

1983

但一说话，别人都会说我是从台湾来的，我解释说是刚从上海来的，大家都说不像，真是气死人。到港那么些天，我还没照过相，如有机会及时间，我会去照一些的。有好的会寄给你，你看看我像不像上海姑娘。父亲本来计划在十月底回沪的，现在可能会延迟。估计会在十一月，他来时我会带些东西给你，不过尽是小玩意儿。今天我又给你买了一根项链，不知你是否会喜欢。我在这里还买了几瓶指甲油，用过几次就觉太厚，因这里没冲淡的水，因此丢在一边不再用了。如父亲方便，我想把这带给你。前几天，我还买了个手镯，因这是由多个细镯组成，故我工作起来不方便，我想带回来给你，要是平时不用，拍照也可用的。

好了，不多写了，就此搁笔。

祝　快乐！

姐

1983 年 10 月

南方来信

……因为无论是迷你裙，还是 T 恤、凉鞋，每年流行的式样是不同的。如果我这里买了最流行的式样，那么你在上海可穿三四年，这时候，上海可能刚刚开始流行。你还想问些什么，请只管来信，我现在自己挣钱了嘛！你想到要什么随时可给我写信，我可以慢慢留心，有好的就可买下来，明年一起带回。噢！青妹，很可惜，你没有穿耳朵眼子，否则，我可以带很多耳环给你。香港现在流行塑料的耳环，一元到五元之间便可买得一对很美的，不过，我自己也没穿，因为我怕痛。

好了，不能再写了，你看信封上已用了一元四角邮票了，因为我怕超重（附照片七张，上次寄给你的那两张一样的先给小霞，我和沪生的两张合影

13

1983

分别给小霞一张，余下三张给你，下次来信再补上
没有给你的）。

　　祝　好运！

姐
1983 年 10 月 10 日

南方来信

青妹：

　　今天是我的生日，也是我与沪生相爱一周年的纪念日。如果在上海的话，这一天一定热闹得很。可惜，现在我单枪匹马一个人在香港，冷冷清清，寂寞无比。

　　这两天公司工作又忙得很，晚上回家只想睡觉。昨天晚上我去开信箱，发现上星期六寄出的"演员应征"有了回复。这事我没跟家人说，所以，我拿到面试的通知后即打电话给大立，询问这家影业公司的情况。因大立事前也一点不知这事，他又反对我入影视圈（他还梦想着有朝一日可能会得到我，其实，这是绝不可能的事），所以，他吓我说这家公司所在的平安大厦是什么妓女屋之类。后来，他听我口气坚决，也就不再加以干涉。明天晚上八点，

15

1983

我将去应试，我想成功的可能性是极小的，因为我身高不够。但是，我想既然第一关已过了，第二关就去闯一闯吧！失掉机会未免可惜。由于应试是在晚上，所以，我让大立陪我同去，大立当然很高兴，因为到港之后，我还没有单独跟他一起聊过天。本来，他说到码头上接我，后来，今日上午又打电话来公司说，要我明天别回家，他来公司接我，请我吃过饭再去。算了，要利用他，我只能陪他吃一餐了。青妹，你不会说我对沪生不忠吧！噢！这件事你可千万别向任何人透露，因为我担心自己会失败而被人取笑。

前几天收到沪生的来信，他说给你发了信，但未收到你的回信，他很担心。他信中还说他申请去美国读书，已决定在夏季入学，这样，我就不能在上海见到他了。我曾建议他，如果夏季入学就由香港转道美国。他说，如果能去美国，一定尽量满足我的要求。我想，要是我这次面试能成功，那么，

16

沪生来港不仅可以很舒服，而且，他去美国读书也不用像别人那样半工半读，我能供给他一切费用。但愿老天爷保佑，让我顺利实行第一计划。

青妹，最近你的心情如何？工作还愉快否？金凯是否来找过你？他是否曾替你找过工作？李霞毕业分配如何？我十分挂念她，如果她有空，让她多多给我来信。

下个月父亲要回沪，我想让他带些化妆品给你。不过，这些化妆品都是我用过几次的。由于我最近一段时间又买了不少新的，好多都是重复的了。虽然我将带给你的这些要比我用的贵得多，但是，这些眼影粉及粉饼用起来太费时间，我早上来不及，所以，现在我都换成油性的，化妆前用化妆水而不用粉饼了。有两支唇膏色彩很好，只是用之前要上无色唇膏或我给你的那种油，我常常在外吃午饭，用它太不方便，因此，我也让父亲带去给你。

1983

好了，今天就写到这里，就此搁笔。

祝　　愉快

姐

1983 年 10 月 18 日晚

亲爱的妹妹：

你好！

收到你的来信，我万分高兴。这些天来，我天天盼着你的来信，天天从四楼去底楼开信箱，可惜始终未能得到。今天，我与妈妈去海边买海鲜，竟意外地收到了你的信。Sorry，我无法形容此刻的激动心情。

到港快两个月了，随着时间的推移，我的思乡之情越来越深，越来越浓了。开始一个月我还能承受这份分离的苦痛，现在我自感越来越承受不了了。我真想立刻从这里飞到上海，投入他的怀抱。也许是因为彼此爱得太深了，故双方都很难忍受这分离的滋味。我真害怕，他会在我回沪之前离开。如果是那样，我们这对如此相爱的情人不知要隔海相望多少年。到那时，我会恨太平洋的波涛把我们隔开，会恨苍天不长眼睛。但愿老天爷能帮忙，让我在他离沪之前再见他一面，让我们在相爱两周年的夜晚，重踏那条永远难忘的小路。

　　青妹，你不要羡慕我们的真诚相爱，因为真诚相爱是要付出代价的。在上海的时候，我就跟你说过这一点，现在这个问题更突出了。为了爱情，为了精神上的满足，我不得不放弃那些轻而易举就可以得到的金钱和地位。有很多女孩子原先在内地的时候和男友海誓山盟，结果不到一年便另抱琵琶，另嫁郎，这是因为她们在物质（金钱、地位）与精神上选择了物质。而我却是个爱情至上者，我需要的永远是精神上的满足，有了这才会考虑物质。虽然到港才不过那么几天，就有一个比沪生更有前途的男孩子追求我，但是，我永远认为，这个世界上，除了沪生之外，不会有第二个人像他那样爱我，我也不会对第二个男孩子付出这样的真情，所以，无论是谁都不能让我弃下沪生。失去了他，也等于失去了我自己。青妹，我相信，老天爷会长眼睛的，你也能同我一样得到一个如意郎君。

姐

1983 年 10 月 19 日

青妹：

　　你信中所提的好些事，沪生已来信详细讲了，我早已有信给他。

　　本月六日，我拿到了第一个月的薪水，共一千二百元，大伯伯叫我存二百元定期的，我没反对。我自己又去银行存了四百元活期的。余下六百元，一百五十元给了弟弟，其余的买了些衣服及小东西，并留了些作午饭费、车费、船费等。不过，我花钱最多的要数化妆品了，你知道我喜欢这种小玩意儿。星期天，外出买东西，我自己买了不少信封、信纸，还买了胶水及一本锁式日记，替你买了一根手链及一只红色的真皮小钱包，还有一支画眼线的笔及一瓶指甲油。你要的裙子，我会带来的，这里尼龙裙很低价，比我妈妈在家穿的那条花的尼龙连衣裙更

南方来信

好的式样，也不超过二十元。幅裙，上面细小褶，下面小褶的，一条也只有十八元。我打算给你买条"迷你裙"，我觉得你穿很合适，因为你人高。上面配件 T 恤会十分动人的。还打算给你买双低跟的一字鞋，但我想明年夏季再买。

姐

1983 年 10 月 20 日

青妹：

　　昨晚上，我甩掉了尾巴便搭巴士去国华影业公司制片组，结果面试顺利通过了。不过，由于我对电影毫无经验，必须接受为期半年的培训，每月交学费一百元。但是，在培训期间会有演出的机会，并会为电视台拍些广告，每拍一次可得四百元，半年期满便可成为公司基本演员。白天，我将照常去大伯伯公司任职。因为半年内每个月的收入是没有固定的，我不能估计每月最低收入会有多少。当然，半年之后就会稳定了。现在，我被分在"国语"组。每周四、六晚上受训一个半小时，期满之后就接受片约担任主要角色。虽然一切似乎很顺利，也合我的意，但是，香港不比上海，影视圈这一行饭更不好吃。妈妈听别人说，入这一圈便和黑社会有瓜葛，

南方来信

所以不支持我入这个圈子，怕我进得去出不来。因此，我现在也很矛盾，是入好呢，还是不入好？我想还是去试一试，因为半年之内，我还不是这个圈子里的人，如果这公司真的不正派，那半年期满，我不同公司签约便是了。或者，做上几个月，然后才离去。唉！反正我自己都不知怎么办才好，要是你在就好了，我也不会觉得那么孤单，遇事没人商量。噢！这事暂且不要让沪生知道，虽然他知道我有入这一圈的愿望，但我现在的处境会令他担心。而且，他现在需要安定的学习、生活环境，为了他的前途和事业，你可千万跟我合作呀！任何人那里都不能漏风，要不总会传入他的耳朵里，他会误认为我对他不忠的。

好了，今天就写到这里了。

祝　愉快！

姐

1983 年 10 月 20 日晚

青妹：

　　每次收到你的来信总会那么高兴，读着你的信，我就会感到你在我身边一样。我不能不承认，在我的生活中不可缺少的是沪生的爱情和妹妹你的友情。

　　上次来信我告诉你，我考取了一家电影公司，现在我突然决定放弃这个机会。因为怕进得去而出不来，更怕要我拍性感电影（因这家公司不是一流的，它以广告及赚钱为主）。为了我和沪生的未来，为了维护纯真的感情，我唯有忍痛割爱了。

　　我的傻妹妹，这么大了，遇事还要哭。工作累点、辛苦一点得忍耐，姐姐现在在公司也很累呀！男孩子的活都要干，因为我会说"国语"，公司生意中有设在香港的内地公司，那些合同、签约、收钱都由我一个人两头跑。大伯伯新开的租贷公司的生意更是累死人了，常常是花一个多小时把所有展览合同的架子全部运进展览地点并全部安装完毕，两三天后又花一个小时全部拆回公司，真叫人受不了。

关于徐国平的事，不必过于伤感，失败是暂时的。你比他年轻得多，只要你肯下功夫、肯吃苦，那么白天上班，晚上读夜校，我不相信四五年之后你会超不过他。你不是讲他得意扬扬吗？这真是对你有利呀！因为骄傲的必败，你沉住气，好好努力，而且要不对外声张，一个人默默地、刻苦地、扎扎实实地学，五年之后，让那些笑过你、背后讲风言风语的人都吃一颗药丸，治一治神经错乱症。噢！你要读书可找钟建国，他或许有办法。如果能进（春季班）那是最好了，读半年考出初中文凭，以后便读夜高中，同样可得高中文凭。你记住，市四中学有夜校，每年七八月会招生，五十一中学也有，中国中学也有，这些你可问建国，他是比较清楚的。

1983

妹妹请放心，明年十月必定回沪。

祝　愉快！

姐

1983 年 10 月 22 日

青妹：

来信收到。

首先我得责怪你不守信用。我让你不要把我的事告诉沪生，给他增添烦恼，他现在需要的是安定的、没有人打扰的学习环境，而你竟把我的信都给他看。唉！我真想打你一顿，一点都不听话。难道你是怕沪生日后误会吗？不会的。在香港我又买了本记事簿，在那里会有更详细的描述，一切疙瘩都会由此解开的，你不必为这些而担心。我告诉你，以后可千万别去打扰他，知道吗？

谢谢你为我买的生日礼物，其实这里什么都有卖。如果娃娃已经买了，那么先由你保管着，等我回来再拿来香港。至于鱼片干之类，这里多得很，价格也平，所以不必了。我看还是让我回来的时候带些这里的小吃给你才对呀！

最近我又买了六本八四年月历，我想给徐明、张蓉、孙慧芬（上次在你家拍照的几个）、钟建国、金凯及陈欢，其中有三本明星头像的适合给女孩子。如果你觉得这三本中有比我给你的更好的，你可换下。过些日子，我会把它们寄来上海，麻烦你替我转交。

这个星期又收到沪生的来信，他似乎很苦恼，因为去留学困难重重。目前最重要的是考试，他很担心不能考上。确实，托福考试已经很难，更何况现在又增加了一次比托福更难的考试。我也十分担心，如果真要通过这两次考试，沪生在两三年内是去不了美国的。而沪生祖母一病不起，以后情况更无法预料。他大伯伯是否会连续几年为他出保证金呢？我想，这个问题是很麻烦的。在那种社会里的人，亲戚又有什么用呢？唯一能够帮助他的只有我了。我想，你不会忘记我离沪前，我们三个在家里时，他曾说过，事业工作胜过爱情。我说我是爱情第一，爱情至上主义者。可是，我现在根本无钱给他读书，不要说几年以后，就是十年也不可能。唯一的办法便是投机了。可是，上次的机会又失去了，唯有另想办法。不过，我还是很担心加入这个圈子会失去家庭的温暖，将来他读完书，有了地位和事业，不能再爱我，到那时我该怎么办，去当尼姑吗？哈！哈！不过，为了爱情，我想再去冒险。我已经做好了一切思想准备，我想，为了爱而献出一切的人应是高尚的，死无遗憾的。

姐

1983 年 11 月 5 日

青妹：

　　昨日中午寄出月历四份，其中一份有台湾明星彩照的是你的，由于分开寄花钱多，所以，我把它们全部寄到了沪生那里。

　　昨天晚上在公司里发生了一件极不愉快之事。从上一封信中，你已知道，十九号面试是由大立陪我去的。但事情出乎我的意料，他竟然企图强占我。因公司晚上五点以后便没人了，我拼命喊叫当然无济于事，在这种情况下，我就奋起反抗，结果跟他撕打得很厉害，我还受了点伤。不过，在我的"机智勇敢"下，他没能得到我一根毫毛，我逃脱了魔掌。虽然皮肉受了点苦，但是，我保住了清白，从此以后，我再也不会理他，一个野兽、狂徒！青妹，我真的气死了，我没想到会被一个从小在一起长大，

南方来信

彼此感情又不错的人侮辱。不过，通过这件事，我
又懂得了不少，香港人真是六亲不认的吗？也许，
从这以后，我会改变对香港人的友好态度，我会以
新的面貌出现，不过，你可以……

青妹：

　　好像很久没有收到你的信了，唉！也许，这是我的错觉，也许你相隔不久就会给我写一封信，可我现在只要一天收不到信就会感到失望。时间对我来说实在过得太慢了，我只觉得度日如年。本来，我们团聚的一天就仿佛"明天"，可如今还要等待半年，何止半年，起码七个月，我受不了这份折磨。以前，我是个不受任何约束之人，可现在为了生活却要耐着性子等待，我实在受不了了。有时，我真想弃下这份工作，干脆回来住几个月，但手上的存款还是不够。如果是明年的四月份或五月份，那么，我的这一愿望便能实现了。唉！讲来讲去，在这里总少不了个"钱"字。如果我有钱，我今天想回来就回来，我想住多久就多久，可偏偏我是个"穷光蛋"，

南方来信

一无所有，实在太可怜了。我不知道，这一切何时才能改变……

前几天，我连续给你发过两封信，不知收到没有？我很挂念，因为至今没有你的消息，我很担心信会遗失。在一封信中，我曾附了十元港币，我想试一试，如果行，我就不用去银行汇钱，可以每封信中寄一些。我想在沪买些药，而沪生对人民币不感兴趣，要是这种方法行，我可以与他交换，让他用人民币去替我买。

青妹，金凯那里，我给他去了信，我很坦白地讲了自己的想法、我与沪生的关系。我希望他重新考虑，希望他能收回这一想法。作为好朋友，我不想伤了他，但我的解释不知会有多少效果呢？青妹，老实讲，我嘴上说得硬，会另嫁他人，但其实，沪生在我心中的地位是根深蒂固的。这一点也许我以前并没发觉，但这次回沪之行准备阶段，我的心好像飞到了上海，以前的甜蜜令我备加留恋。我很明白，

1983

假如我再也不踏上那块土地，也许我会把他淡忘。但如果我还会重新回到故乡的话，哪怕是一个小时也好，他都会把我整个心占有。青妹，我现在很痛苦，香港、上海隔得那么远，假如决定跟他吧，将来的日子会很艰难；另嫁他人吧，他的影子会永留我心中。有一天再踏上那块土地，发现一切已成过去的话，我会难以自持的。青妹，我该怎么办呢？青妹，我变得怪了，变得很孤僻，不仅拒绝一切男士的约会，休假日还喜欢一个人留在家中写信，听音乐，织毛衣，做家务，唉！我真担心这种变化会令我变得更孤独，陷入更深的痛苦中……

南方来信

青妹：

今天已是十一月八日了，但你在十月二十八日写的信才刚刚收到，真叫人不敢相信。

青妹，最近一段时间不知为何，总是有一种孤独感，我一个人走在街上的时候就会这样想：要是青妹和沪生能在我身边该有多美。现在我没有一个可以说得上有友情的朋友，虽然公司里结识了一个又一个，可我在他们那里永远得不到那种快乐。所以，我的思乡之情与日俱增。我总盼着能早日回沪，总盼着等那么一天，我们又可以像过去的两年那样生活在一起。可是，这一天又何时才能到来？尽管我在为这一天搏命，但这一天还是那么遥远，没有日期……

青妹，当我上个星期收到沪生的来信以后，我

1983

又开始寻找新的途径，想办法挣多一些钱。这个星期开始，我每星期二、六上两堂表演课程，但哪一天能被导演看上走上银幕，还是个未知数。但我相信，只要自己勤奋苦学，凭着上镜的外形，一定会有收获。为了摆脱目前的困境，为了我和沪生的将来，我一定要从这条荆棘途中走向光明。青妹，你相信姐姐在这方面会有所成就吗？

上个星期天，我去买菜，顺路看见菜场旁边的一个摊子上有低价的裙子买，我一看料子及色彩，还有大小，都适合你，我便买下了。回家一看确实还不错。我想，五元港币买一条裙，当睡裙都合算，更何况这种式样的，在上海完全可以走上街头。我越想越觉得合算。真的，不要笑我，姐姐还从没买到过价格如此平的衣服。

我要给你带的化妆品都是我用过几次的。我买了油质的后不再花那么多时间用粉质的了，所以放在这里也没有用，还是带给你为好。等把这些都带给你之后，我会告诉你怎样用它们。

好了，已经十一点多了，明天还要返工，不能再写，下次再谈。

祝　顺利！

姐

1983 年 11 月 8 日

青妹：

　　刚刚给你写了一封信，却又提笔给你写信，因为我忘了一些事，必须告诉你。

　　父亲在上个星期六已回沪，其中除了李霞及明明的东西外，有我送给你的两件上衣（短袖）及两条短裙，还有一件连衣裙，一只白色皮包内有化妆品、皮夹（两只）、饰物（耳环两对、项链两条、手链一条、手镯一只、戒子数只），我不知你拿到没有，如果你还不知这事，可去我家找阿姨，或找李霞，就可拿到我给你的东西。原先告诉你给你买了一条裤（牛仔裤），但在带来之前我量了一下尺寸，发觉长度才三尺四寸不到，腰围仅一尺七寸半。我自己试了一下，发现除了太长之外，其他地方都十分紧，我想你是不可能穿得下的，所以没带来。

南方来信

前天，我在附近的街上又找到一个卖东西的小摊，那里有你会穿的牛仔裤，我想等有空的时候去挑一条。因为价格一样的货有好有坏，全凭自己去挑的。你要的锁式日记本等我回沪时带给你，如果阿爹回沪时肯带的话，我就让他带回。不过我想阿爹这次回去要住五年，必定有好多东西，他肯带的可能性不大。李霞要一根项链，她想要怎样的？是常戴的，还是拍照或有事时戴的？要假的金色的，还是白金色的，还是要这里流行的那些不用金属制成的项链？这里的饰品种类多得惊人，足以令人眼花缭乱，我常常是到了那里空手而归，因为我觉得什么都好，又不知买什么，所以唯有不买是最上策。噢！你告诉李霞，若要金属的，价格最低在三元至七八元之间，非金属的是两元不到一根。非金属的我没用过，不知寿命如何。金属的不能多遇水，遇水会褪色，一两个月便能分辨其真假（我指的是天天戴的）。好了，

1983

不多写了，就此搁笔。

　　祝　愉快!

姐

1983 年 11 月 22 日

15

青妹：

　　盼你的来信已有一个多星期了，不知为何迟迟不见回信。最近李霞来信讲了一些有关方、欧之类的事，我深为你担忧。我不在上海，你遇事没人商量。你毕竟年龄小，好些事还不懂，对于什么是男人你更无法了解。如果你厌恶他们跟你亲热，厌恶接吻，那么你还是不要找男朋友，更不要结婚建立家庭，因为男的追求女孩，费尽九牛二虎之力，总是出于满足自己的需求，这是人的本性，谁都无法抗拒。你一直以为，我与沪生之间的爱是纯洁的。对的，谁都不能否认我跟他之间的感情是真挚的，是纯洁的，但我们的爱却非常罗曼蒂克，有时甚至是"疯狂"的。虽然我们之间没有甜言蜜语，更没有海誓山盟，但我们把各自最纯真的爱情献给了对方，各自默许了终身。不管走到哪里，天涯海角，在我俩的心中只有对方，谁都不会再爱上第二个，让第三者介入我们之间。目前我为了维护心中默许的誓言，几乎落入困境。因为大伯患了更年期的精神病，在他公司做的女孩子必须卖身于他，我不从，顶了他，还说要他搞搞清楚，我是他侄女，不是他情人。这终于使我与他反目成仇，现在有极大的可能很快就会离开他公司。因为他发起火来实在可怕，现在公司里的人几乎做一个月便逃走了。谁能忍受？目前，我已把此事告诉妈妈，妈妈说由我决定何时离开，我准备年底或春节时走。之后，我可能会去读日校，也有可能会去工厂做制衣行业。不管怎样，做工人总比做公司的小职员好，不仅工资高，而且可以不受老板的欺侮。度过这段时间之后，我会帮妈妈、爸爸做电脑，因为不久他们将自己搞公司，我想做电脑这一行是相当不错，在现在这种现代化的社会里，电脑用途很广，做电脑也极有前途。

南方来信

噢！听说你在上海跟大伯伯关系搞得不错，说实话，我没料到你会有那么多时间陪他。要是早知道，我会提醒你一些问题，以免将来对你造成不幸，可惜一切都已晚了。我不知你有没有受到伤害，不管怎样，你要记住，做事要有限度，跟香港商人打交道切记谨慎小心。像大伯伯这一行室内装修的更要注意，因为他们生意中用的手段就是虚伪、欺骗，在平时生活中也自然地流露了这一点。他们惯用的手段是笑里藏刀，因此，他们也最怕别人用这一手段。我想，你一定懂得以毒攻毒的道理。当然他们对女人不至于那么毒辣。逢场作戏，甜言蜜语，表面真诚，大话许诺是他们的特点，用以毒攻毒的方法同样可以战胜他们。我已讲了不少，你也许一下子接受不了，如果以后有什么问题可以来信，我会教你如何应付。我讲了许多真实的情况，你可能很害怕。其实你不必惊恐，跟这种人打交道，你会学到不少东西，也会长大、成熟不少，但要注意如何对付他们，如何做到让他们不怀疑你在逢场作戏。青妹，你千万不要想得太天真，你第一次开口向他要一条裙，他到香港便把你的尺寸丢给我——倪青要买条裙，你替她去买。不要讲他自己去买，就是一分一厘他都不会拿出来。到时，他回沪时，他会讲，这是他买了送给你的。我可没那么傻，等天气回暖，市场上有裙买的时候，我会买下来等父亲回沪带给你，但我不会告诉他，我帮你买了裙。我要看他是不是会亲自去买，愿不愿意在你身上花钱。青妹，不要害怕，你姐姐可一点都没变，只是这里的社会使我有一种看穿世界的味道。要不是有你真挚的友情和沪生真挚专一的爱情，我真会了却自己的一生，因为我觉得这个世界太冷酷，更谈不上有人情味，而我的生活中却少不了精神支柱。唉！算了，不提这些了。

上个星期，我与初中同学刘亚平联系上了。星期日，我与刘亚平、夏永欧一起玩了整整一天，我几乎花了近二百元。要不是刚刚拿到工资，那可太糟了。青妹，我很高兴，在这里我终于有了两个上海同学，我跟刘亚平比较讲得来，跟夏永欧却没有什么可谈的。在上海时，我曾记得你认识他，但我问是否认识你，他讲记不得了。真糟！两年就忘记了。

呀！时间已那么晚了，不能再写，就此搁笔。

祝

安好！

姐　47

1983 年 12 月 5 日

1984

16

青妹：

　　今天是一月二日，我没去返工，所以又能给你写信了。近来，你可能发现我来信少了，这是因为正逢圣诞及元旦，香港的朋友们都那么热情地邀我共度节日，我推不了，只能一起去了。二十四日晚上，我去看了圣诞灯饰，那些灯饰真的美极了。只是街上人太多，挤得要死，连交通都被迫中断了。幸好香港有地下铁及渡船，否则我真回不了家了。二十五日下午离开家去沙滩烧野餐吃。当晚赶不回家了，只有在一个恐怖万分、像森林一样的树林中烧火熬了一个通宵。第二天一早又去泥涌进行自行车赛，中午又去沙滩玩了一阵，下午才回到家。我当时真的倦死了，但迫于太脏，只有先洗澡后睡觉，结果一直睡到第二天中午才起床。二十七日是圣诞的最后一个假日，半天已被我睡掉了，下午我又接到朋友的电话，要我去看电影，结果一直玩到十点多才回家，当我睡到床上的时候已快十二点了。第二天一早又匆匆赶着去返工，真把我累死了。

今年圣诞，我收到很多很多圣诞卡。其中最特别的是沪生送我的那张"相思鸟"，其次钟建国送我的那张圣诞卡最漂亮，我最喜欢。再有，香港三个男同事用圣诞卡向我表示爱意，其中最令人发笑的是在香港理工学院学习、曾在公司做过一个月暑期工的学生送给我的那张，他在卡上写着"亲爱的天娜"，下面是"你的×××"，真把人都笑死了。我又不是他的女朋友。其他两张比较婉转，不至于那么令人"发烧"。噢！这事可不能给沪生知道了，否则，他准吃醋。

青妹，我现在很想跟你谈谈学习、就业以及爱情生活。你目前最需要的是好好读书、争取到一份好的工作。对于爱情你不要三心二意，我看你喜欢

52

方建平，你就应该勇敢一点去爱，为什么要同时跟几个人谈呢？像我原来那样结交几个异性朋友不是很好吗？像金凯、钟建国，他们现在依然对我很好。虽然我与金凯之间也曾亮起过红灯，但现在分开了反而又恢复了原来的友好关系。你觉得我提的建议如何？我感到你应该做出选择，当你一心一意爱着一个人，同时，对方也一样爱你的时候，你就不会像现在这样坐立不安，一点书都读不进了，不信你可以试一试。

在收到你信的同一天，我也收到金凯及钟建国的来信，钟建国确实总是这样乐观。至于你讲陆明浩有趣，这使我很感意外。因为在我的记忆中，他是话不多，又没味道的人。金凯的性格及为人我是很了解的，我也明白，我的话对他很有用。别人劝不通他，我能做到。其实，这不是因为他喜欢我而听我话，而是我了解他，能使他信服之故。实际上，世界上无论哪一件事都是相辅相成的，他也一样了解我，有些没人能说服我的事，包括沪生都无法说服，他却能讲到我口服心服。这是我跟他认识的时间长，了解得比较彻底之故。

香港目前已进入冬季。穿裙我可受不了，除非去参加晚会，没法子。平时返工，我总是下面两条裤，上面棉毛衫、绒线衫，外面还穿件滑雪衫。不过香港的冬天总不会比上海冷，我也不感到很冷。

你要我去印玩的照片，可惜底片都丢了，我自己都没有，现在只有沪生那里有一套齐的。你要看的话，你可以去问他要来看，真是很抱歉。

时间不早了，我要去洗澡睡觉了，等过几天我再给你写信。

祝　好运！

姐

1984 年 1 月 2 日晚

17

青妹：

　　在我的记忆中，我似乎已经很久很久未曾给你写信，也有很久很久未曾收到你的来信了。如果我没有记错的话，那个信封已在抽屉里放了整整两个星期了。说真的，两个星期以来，我未曾忘记要给你写信，但是圣诞节收到的那一堆信还有很多未曾复，有时得到近半个小时的空隙，我便乘机去还那笔"债"，不知为何，我竟忙到今天都没能还清。我有时也不明白自己在忙些什么。唉！有时我真感叹自己这样忙忙碌碌会有什么结果，我会得到些什么呢？随着时光的流逝，也许只有白发爬上额头，事业、理想终成泡影。我总感到自己会在这忙忙碌碌中毁了，慢慢地消失了，要不是因为心中还存有那么一丝自信，也许我早就倒下了，因为我太累、

1984

太累……

上个星期，我收到沪生的来信，他讲了你的情况。我会尽快与你大伯伯联系，争取说服他。我要你来香港。也许有你在我身边，我不会感到这么累，因为我找不到一个可以说真心话的朋友，我感到孤独、寂寞甚至痛苦。要是你来港，可以住我家里，这样可以省去你每月一笔一千几百元昂贵的房租。要是今年春节之后，我在第一部电影中所演的角色能够成功的话，你来香港的生活问题就更不用担心了（我拍戏一事，请不要告诉任何人，沪生是反对的，你千万不能说漏嘴）。我们可以租房到外面住，两个人独立生活。噢！你不用担心，现在你姐姐可不像在上海那样是个小姐，什么都不会。买菜、烧饭可以一把抓，家务事也样样能行，到时可轮到你当小姐了，哈哈！

噢！忘了告诉你，前些天，我替你买了一件短袖衬衫，一件长袖的，还有一条紫红色的裙子，由于式样陈旧，所以价格很平，但在上海这样的式样可算是新式的了。一同买的还有一条连衣裙和一件T恤，原先这两件也是买给你的，可惜拿回家一看，怎么这样小。我试了一下，自己穿大了一点点，我想，你无论如何是穿不上的，还是留下平时自己穿算了。唉！快过年了，你的化妆技术有没有提高？你姐姐玩了几个月可有点入门了，现在把自己的经验告诉你。化妆前先洗脸，然后涂上大伯伯给你的那瓶 body lotion（润肤乳）。等干了之后，再涂一层薄薄的粉，然后开始涂眼影。眼影不要涂得太多，看图（缺），大致一半左右，眼尾不要涂得过长，大致像图中这个位置。我给你的那四个色中，以绿色用得最多，因为其他三个色是要与衣服的颜色一起衬的，而绿色，人们似乎已看惯了，几乎什么色都可配。还有一点，眼头那里要淡一点点，从中间开始深一点，一直到眼尾。另外一种涂法是几种颜色配合涂，先涂上一层很淡很淡的粉红色，然后涂蓝色，涂法看图（2）（缺）。粉红色像图（1）（缺）那样涂一半左右，蓝色一开始涂在双眼皮里面，渐渐涂出去，涂到眼尾。第二步是画眼线，看图（3）（缺），像图中那样，一开始细，渐渐地粗一点。下面的眼线像我们在上海时那样涂，或者夸张一点，开始细，后面画眼尾时粗一点点。第三步是涂睫毛液，睫毛液的涂法很复杂。先把毛刷放在水中冲一下，然后用一张硬纸或者用我在上海用的那种纸，把毛刷上过多的液去掉，然后再涂到睫毛上。第四步是涂胭脂，胭脂要淡，涂法很多，在我给你的书上想必有，我不多讲。第五步是画嘴唇，你嘴唇厚一点，可以画在嘴唇里面一点，但不要太里面，让人觉得不自然。用唇笔画出形状，然后涂上颜色唇膏。第六步是挂上粉，除涂眼影的位置不要挂外，其他部位都要挂上一层淡淡的粉。化妆到此就完了。最后讲一讲落妆，落妆你有两种油可用，一是 baby lotion（婴儿润肤乳），二是我给你的那种白色的油，

南方来信

不可涂嘴唇的那种，用肥皂落妆是伤皮肤的。

随信附上几张相片，这是杂志上剪下来的港台红星的照片，化妆方法可供你参考。还有部分相片是同时剪下来的，让你认识认识他们。

今天就写到这里，就此搁笔。

祝 节日愉快！

姐

1984 年 1 月 23 日

59

18

青妹：

迟迟未见复信，一定等急了吧！

由于近来我心情欠佳，又加工作、事业不如意，再者与父不和，这样便使我成了一个懒笔头。其实不是我懒，是我不想流露当时的处境，令你与沪生，以及我在沪的好朋友担心。就因为这个原因，十二月份的来信，有的到今天才刚刚复信。

今年春节是我二十年来最不愉快的一个节日。不过，在跟父亲大吵之后我下定决心要自立，以及一个人去租房住，不再受他们的气。但愿春节之后，我能在表演方面有所成就，加盟影圈，否则，我会更辛苦。我想，靠父母生活的滋味你现在也尝到了，你也有体会了，会理解我的心情。真的，青妹，这次我下了很大决心，只要我每月能挣两千五百元，

南方来信

我无论如何都要搬出来一个人住。我决不会根据他们的安排去嫁人，去用青春与美貌换金钱与地位，我觉得只有经过自己的艰苦劳动换来的幸福才是真正的幸福，我不愿意这样平平坦坦地度过自己的一生。我相信，你会支持我的。

　　青妹，你信中提到你母要你去求姓方的，其实，这一步你走错了。我相信，他根本是没办法的。他父的遗产不可能比金凯之母路道粗，而且，这个人对爱不专一，当时要不是因为我离沪，我非整他不可。我原本想要他两条船一起翻的，无奈我身在港，生活紧张，无办法做到。至于方建平，你喜欢怎样就怎样，因为你年龄尚小，好多事考虑不周，而且你想来港或去澳门，我觉得不要找朋友为好。因为在港完全可以找到比上海青年更加有为的人才。再者，你年轻，来港后的眼光、观点都会有很大变化。到时，你或许会像香港女孩子那样喜欢与外国人交朋友啦，嫁到外国去住啦。一切都很难讲的。因为你人高大，这种可能性极大。不过，有一点你要有思想准备，来港或去澳门是要吃苦的，在适应过程中，你要处处小心，当然最关键的是语言关，最难攻下的也是这一关。不过，姐姐在你身边，不会让你受苦的，我会帮你的。

噢！最近我照了一些相片，但目前尚未拿到手，只是看过第一批印出来的样本。其中有两张我自己满意，但大家都讲另一张更好。到底哪张好，到时寄给你，由你给我打分了。不要急，我会尽快拿底片来印的，印好后即会寄上。

沪生的情况从你这里，从贾小平那里，了解了很多，他自己也讲了不少。开始时，他总是满腹不满，连篇都是工作问题、事业问题。我不知为何觉得他怎么会这样软弱，而且欠信心，所以经常写信去讲他，或许他为此也不太高兴。但我这个人有什么讲什么的，不会藏半句口中不讲的，我自己也没办法。不过，我现在好像习惯了，让他大发牢骚，我不出声，但我心中似乎又不安，好像这样会使我跟他生疏一样，唉！人真是怪物。

噢！你等一下，我记得那张讲解员的照片有几张多的。有了有了，找到了，真的有两张多的，我寄一张给你。其实，这张照片没什么变化的，土到不能再土了，等今年回沪，我一定去买些新潮的服装穿回来，到时，你可不要吓一跳呀！

祝　新年愉快

姐

1984 年 2 月 5 日

青妹:

你好!

二月十三日的来信已收到。当收到你这封来信时,我的心情已好了许多,也许是因我现在的这份工作使我很少与家人接触。早晨他们出门上班,我还睡在床上,我晚上回家,他们都已入睡了。所以,我现在对这份工有一种满足感。

青妹,每次来信,我或多或少都会讲到沪生。说实话,我现在很内疚,因为我始终瞒着你,我到香港后,与沪生的感情大大不如以前了。不是我来港眼光高了,而是因在两件事上出现过分歧,使我怀疑我以后跟他在一起是否会幸福。第一件,大伯伯的事,你已明白我如何处理了,但他不赞成,他认为我应该顺从他,用手段弄到钱出国读书。青妹,如果你是我，你为了自己爱的人而洁身，而你深爱的人却一点也不理解，你会怎样想。第二件，我爱演戏，这不是什么心血来潮的事，也不是什么为了虚荣心，但他却这样想：我入这个圈是满足自己的虚荣心。他怕我见得多了之后弃他而去。青妹，如果你是我，你为了自己的爱人去奋斗，为未来的幸福生活奋斗，也为自己的事业奋斗，他却不理解你，你的心里会是什么滋味？特别是说什么虚荣心，一个男性对于把心及一切都献给他的女性如此不放心，也信不过她，她的内心又会如何呢？青妹，老实说，我内心痛苦万分。如果以一个旁观者的身份及观点来分析我与他的将来，那么谁都会讲，我该忘掉那段情，离开他。但作为一个当局者，我真的无法忘记那段情，我希望那段感情有一个好的结局，但严酷的事实不能不使我陷入深深的痛苦中。不瞒你讲，每当我想起这事，我的心里不知是喜还是忧。有时，我还会这样想，要是当初我不去追他，而在金凯与

65

钟建国中选择一个，那么，结局也许不会如此惨。唉！算了，不提他了，反正我们现在分居两地，一切就顺其自然地发展。我盼望我今年回沪能取得他对我的彻底了解，也希望我与他的感情能胜过以往。青妹，你看完这些不要好奇，也不用为我担心，我现在已彻底想通了，是真的想通了。这要多谢金凯对我的关心，在我最痛苦与最困难的时候，他又一次向我伸出了援助之手，我非常感谢他。

青妹，不久前给你寄出的"锁式日记本"想必已收到了，不知妹妹是否喜欢，这是我在自己公司买的，很便宜。

噢！上次给你寄的那张沙田照的相印得不好，今天补上一张清晰的。

上海近来的天气有没有转暖？今天香港的气温回升到二十几度，可以穿一件衬衣，明天的气温也有十八度左右，看来已开始回暖了，听讲再过一个月就会很热了。也许上海现在还在十度以下呢，是不是，青妹？

　　青妹，随信附上的那张照片中的衣着是新潮的，这张照片与我的那张照片对照，你就可以知道我还是个落伍者。青妹，你有没有注意，现在香港流行的裤子式样正是我们所讲的那种"123裤子"，只是某几种式样多了一些不规则的大口袋。还有流行平底鞋，我原来打算替你买几双鞋回来的，无奈走了很多店都没这样大的。后来我问了一个香港朋友，他说不用去找了，香港最大的尺寸是38码，由于脚大的人少，通常37码已很难买到了，38码更难见到。但我不相信，一定有地方买大尺码的鞋，否则，那么多外国人穿什么呢？你说是吗？

　　好了，时间已是午夜一点钟了，就此搁笔。

　　祝　好运！

姐

1984 年 2 月 24 日

1984

青妹：

二十五日来信收到。

自从来这里工作以后，我始终感到特别爱睡觉，也吃得特别多，或许这跟工作时间长与招呼顾客有关。开始我很怕这样下去会胖。因为我无所事事，一日却要进五餐。但前天我去称了一下，发现自己竟减轻了四磅①，真使我大为惊喜。你也许不知道，自来港后，我的体重一直是有增无减，前后重了十多磅，真把我吓死了。我怕自己胖得走了形，唉！现在总算好了，但愿能再继续减磅，恢复到我来港时的重量，那么我就满足了。

青妹，你讲我发型最好改变一下，但我照片中

---

①1 磅约等于 0.91 斤。

的发型不是爆炸式，你看到照片中的头发很乱，这是被风吹的关系。其实，我新剪的那个发型是全部向外面翻出来的，但因头发太少的关系，我觉得不理想。无奈离沪时头发被剪得太短了，现在一下子也长不长，要改变发型只能慢慢等待。不过，这也好，可以节省点钱，因为这里烫头发很贵，没两三百元是烫不满意的。由于上个星期休息那天，我去穿了耳孔，故自己无法洗头，今天头痒得无法忍受，就去外面洗了头。你猜洗一个头要花多少钱？十八元，太惊人了。我穿耳孔才不过二十元，但为了这个耳孔，我要四十天不能自己洗头，这下可真够惨了。一百多元原可以买一套很好的衣服，但现在只能用这些钱去服侍这个头。

　　时间过得真快，我来公司做已有半个多月了。昨天是月底，公司发工资，我这样轻松地坐了十几天竟拿到了七百六十二元，真令我意想不到。想想过去这半年来工作得如此辛苦，又无法积蓄钱，再

69

1984

想想现在，真是一个天上，一个地下。要是你能来港，我一定介绍你来公司做。因为这里接受内地来的人，即使是来一个月也能做，不过工作时间是十二个小时，整天对着一架大计算机，帮超级市场收钱。由于坐着工作，又供两餐饭与一餐西点，拿来的工资也足够自己花了。等到能讲广东话了，像我那样整天坐着，不知有多轻松。

听说你买了胶卷，你问我什么时候拍最好，要我说，五月份最合适了。或者月中，或者月尾，拍好后就寄给我，我一定尽快寄去。沪生真傻，香港胶卷这样便宜，他却要等我回来拍。你告诉他，如果你们有精力，有时间，就分两个月拍完，我想见到你们的近照。我回来的时候会多带几卷，因为我知道最好的胶卷不过十多元，全部冲好、印好，不过近四十元港币。

上海现在的天气如何？是不是还像过春节时候那样冷？前几天香港气温升到二十几度，现在又降到十二三度。不过，我穿一件羊绒衫、一件 T 恤衫就够了，香港人问我为何不怕冷，我说可能是上海冷惯了，到了这里觉得很热的关系吧！因为这里的十二三度与上海的二十度没什么区别，可能是地区不同的关系。前一阵子，在春节前，你看到我照片中的穿着，那是香港最冷的天气，气温好像在五度左右。

　　好了，不能给你再写了，因为马上要到下午茶时间了，我可以有半个小时的休息时间，就此搁笔。（今晚，或明天，明天我休息，我会继续给你写信，因为我还欠了你上次的那封信未复。）

姐

1984 年 3 月 1 下午

21

青妹：

　　我想给你写信已经有两天了，说实话，我现在的内心简直矛盾极了，我不知道怎样告诉你这里发生的一切。真的，几次想动笔却难以启口。

　　我到新的公司工作已有近一个月了。开始进公司的时候，我很高兴，因为我在寝具部工作，这个部门除一个部长外，还有其他三个同事，她们都对我很好，我觉得这是个很大的安慰。但好景不长，大约一个星期后，三个同事都开始憎恨我。说实话，我没得罪她们，一点都没有，我向上帝发誓。开始我不明白这其中的奥秘，但慢慢地，我终于察觉了，这是一个我非常不熟悉的男同事引起的。他，我不知道怎么形容，他留给我的第一印象，外形非常非常像方建平，但比方建平要矮小半个头，脸蛋简直

南方来信

像极了。我每天都会见到他两次，因为工作需要，他会经过我们所在的部门。大约在我来到的第三天，他比往日早了一点，经过我们部门，像往日那样与三个同事及部长有说有笑。我是新来的，再加上公司大，我不想认识太多的人，所以，我当然不会与他打招呼，也不可能与他说笑。但是，就在那天晚上，他突然问我们部长，问新来的同事贵姓。部长告诉他，我姓倪。出于礼貌，我转过身向他打了个招呼。如果是平时，他这个时间该走了，但今天他没有走，等到我去准备收工的时候，他走过来问我："倪小姐，你来香港多久了？"我不想告诉他，我说："你自己猜啦。"他说："三四年左右。"我笑笑没回答。我们部长讽刺他说："你真的是太聪明了，一猜就猜到了。"我实在忍不住想笑。我说："是很聪明，不过我才刚刚够半年。"他很惊讶地望着我，其他同事也笑他："你来了两年了，话也没说准确，别人来了半年就能这样说了。"他不好意思地笑笑走了。

从那天之后，他早晨返工或晚上放工，都会来说一声：

"倪小姐，早晨好。""Good evening, Miss Ni."

通常，他总是和部长及三个同事说笑的，但自认识我之后就只顾找我说话，问我什么地方人啦，工作习不习惯啦，还说了不少准确的上海话，真把我笑死。他告诉我，他母亲是上海人。我说，怪不得你那样像我的一个老同学。在我的记忆中，我就跟他说过这么几句话。但这样过了三天，一个同事告诉我，你别理他，他很花心的。另一个同事又偷偷地告诉我，他是厦门大学刚毕业的，因此，对别人总是头向上看。他弟弟都有孩子了，他连女朋友都没有。很奇怪，我发现部门的三个同事都非常喜欢他，三个暗送秋波，一个却无动于衷，真是滑稽非常。又一个早晨，他又来了，我当时正在做柜台的清洁工作，他竟不理众人，只与我打招呼，还足足比平常多待了几十分钟。当然，那天，我说得也很多，不是因为我喜欢他，只是他与我很有共同语言，天南地北无所不谈。我感到很高兴，在香港交上了一个谈得来的朋友。或许我在上海已习惯跟异性聊天做朋友，所以，我很随便。但从那以后，我失去了三个同事的帮助与友情，我很痛苦。

四日那天是星期天，他不知为什么来返工，整整一天待在我那里，就连我们部长这个最疼他的"姐姐"也不高兴了。我没办法，想赶他走，却又赶不走。后来他向我要了家中的电话才走。可是，没过两个小时又回来了，说没事干，想在这里坐一会儿。当时，我那部长也在旁，她也看见我多次赶他走，但没效果。从第二天开始，我特地晚了十分钟去公司，我不想见到他，但偏偏他又坐在我的位置上等我，真把人气死。也是从这天开始，我成了部门的一个可怜虫，大家都不理我，我真的恨死他了。

就在那天晚上，他打电话来，我告诉他，要他不要来我部门聊天。我说："我们的关系实在就是普通的朋友关系，但你搞得我难以做人。"他说："I'm sorry."他说，在香港没遇到过一个能说得来的朋友，由于我与他有共同语言才多说了几句，其实没其他意思。他又说，那么，早晨上班之前来我家与我聊天。我说："行。不过，你不认识路，明天下班，我带你去一次。"就这样，第二天我带他认识了我的家。那晚我原要请他吃宵夜（点心），他说什么也不肯。他说："不如找个地方聊聊。"但就在那晚，一个轻吻使我们的关系超过了普通朋友。

　　晚上回家，我整夜没能入睡，我恨自己做错了事。为此，我连续几天吃不下饭，睡不好觉，我怕……但偏偏最怕的事一件接着一件。他每天都会来我家聊天，当然，他是有目的的。今天是我休假日，他买了大份礼物来到我家，我真被搞到哭笑不得。弟弟说我脚踏两条船，我的心里不知是什么滋味。虽然我对沪生的感情大大不如以前，但毕竟难以忘记。然而，我与他的关系又超过了朋友关系，如果不理他，那么，我必须离开现在所在的公司，因为公司里追他的女孩子实在太多、太多了，连我们部长都追他，我怎么办呢？青妹，我真的没脸把这些事告诉沪生，也没脸见沪生。我已不再是他心目中纯洁的女孩子了，因为他说过，我与别人（有事）的话，他就不再爱我。唉！我真的太矛盾了，我真想逃避现实，回来静一下，可这又是不可能的。我告诉他，我要回上海。他说我去哪里，他跟去哪里。我怎么办呢？青妹，人说"一失足成千古恨"。青妹，我太苦闷了，我没地方诉说心中的苦，我只能与你在信中长谈。原谅我，我的好妹妹，你千万不要把这些告诉任何人，我真的没脸见他们了。

　　祝　快乐！

姐

1984 年 3 月 9 日

22

青妹：

　　昨晚刚刚给你写了一信，今天上午又收到你的来信，真使我高兴。我想，在收到我昨天写的信之后，你对我的近况已有了一定的了解。不瞒妹妹讲，我现在正处在十字路口，我不知该走哪条路。沪生是我尊敬和崇拜的，几年来一直如此，只是到港以后，由于见的世面多了，人也成熟了，我与他出现了不少分歧，我渐渐感到沪生不那么适合我，特别是在香港这样的社会里，他是个（让人）不够（有）安全感的男性。因为他毕竟体质太差，如真的嫁给他，幸福实在是渺茫的。这一切的一切，一直困扰着我。近三个月来，我在这个问题上考虑了很多很多，也为此深感苦闷。前三天发生的那件事使我陷入了更深的痛苦中，因为短短的四天时间，我已不能不承认他在我心中占有了一个小小席位，他的热情、爽快简直与我太合得来了。说实话，我是在毫无思想准备的情况下坠入爱河的。对于他，我了解得太少太少了，但我为了这一段突然到来的情而茶不思、饭不想，甚至整夜整夜地失眠。太可怕了，我自己都这样想。我逼迫自己克制情感，尽一切力量去忘掉他，忘掉他。在这种矛盾心理的影响下，我对他付出的感情实在太少太少了。他对我的体贴入微，对我的真情，使我深深地内疚与痛苦。我真想逃避现实，逃避这里发生的一切，我想回上海，却又不能做到。在万分痛苦的情况下，我对他说："我盲目了，我分不清方向了。我想离开你回上海，我想清静一下，因为我真的一点都不知道为何喜欢你。"他说："我知道你很矛盾，但我对你有信心，你回上海我也一起去。"我说："我也许一去不复返了。"他说："我一定追来上海。"我说："或许你追都没用，我也许会与上海人结婚。"他说："你就这样狠心，就这样对我。"我说："不是，真的，我太矛盾了，我简直感到这段情来得莫名其妙，我没有试过像这次这样飞箭式的感情。"他笑了，我也笑了，但我却是苦笑。青妹，我不明白自己现在到底在爱谁，我不知道，我真的不知道，你能替我分析吗？

青妹，连续两封信，我都提到了他，可对于他，你是一无所知。他两年前自厦门来港，是厦门大学毕业的，学的专业与我母亲大学时学的专业相同，自动化仪器仪表。也学过电脑，家庭情况一般，三兄弟，他是老二，大哥与弟弟都已建立家庭，只有他一个人还独身，父母都健在。虽然他本人的学历不错，但来港时间太短，又要负担父亲的生活，所以穷光蛋一个。为此，他原来在厦门的那个才貌双全的女朋友也另嫁了他人，真的够惨。

青妹，我近两封来信告诉你的事，你可千万不要泄漏出去，因为我现在尚在矛盾中，我还未做出选择。我想你会明白我的意思的，也会照我的心思去做的。噢！在沪生面前千万不要泄漏出去，一定要像什么事都没发生那样。金凯，我相信你不会告诉他。好了，已经很晚了，就此搁笔。

祝　工作顺利　爱情如意

姐

1984 年 3 月 10 日

……不提他了，多说也没用，也无法减轻我的痛苦与矛盾心理，我只有照你说的，先静下来，面对现实，争取处理好这件事，你说呢？

青妹，沪生上次来信曾提及拍照一事，他说要我向你解释一下，他现在还没兴致拍照。我想，你不必管他，你找李霞或其他人一起拍好了。噢！记住，最好留一张给钟建国及金凯合影，我很想念他们。还有，方灵还想不想在港找朋友，条件如何，有没有拍得漂亮一点的照片。如有，最好寄一张半身的、一张全身的给我。因为我目前认识一个从广州来港六年的男性，我问过他，他愿意找内地的对象。虽然他高中毕业，现在又在工厂做技工，但今年夏天就会转去香港最好的无线电视台做摄影师，因为他

南方来信

懂摄影。我跟他接触过多次，我觉得他很老实，不像那种香港人。我想把他介绍给方灵，不知她的要求如何。所以，你了解后望快速给我来信。

祝　快乐！

姐

1984 年 3 月 13 日

24

青妹：

　　你好！

　　最近几天，我几乎每天都急切地等待着你的来信，由于近来发生的那件事，我的情绪变得很不稳定。有时，我真想痛哭一场，可惜我那种倔强的脾气又决定了我得继续忍受，慢慢地等待时机去解决。说实话，沪生在我心中的地位是无第二个人能替代的，然而香港这个社会改变了我原有的那种单纯与可爱的个性，我变得现实与"自私"，在选择终身伴侣的问题上，我不再像以前那样将真情放在第一位而不顾其他，现在我会考虑到社会地位与经济基础、学历、外形以及前途。也许没有人敢相信仅仅半年我变了那么多。但我只能说一句，无论是谁，在这个社会中都会变得现实与自我，这是社会制度决定的。如果在上海，我会毫不犹豫地寻找真正的爱情归宿，而在这里，你若不趁年轻去嫁得一个"可靠"的丈夫，那么，你的后半生就不知该如何过了。唉！我真后悔当初随着家人来港。或许，你会说，后悔，那么就回来。可是，你要知道，没有到过这里，我不会羡慕别人在这里生活，最可怕的是现在我已再也下不了决心回沪定居了。我已习惯了这里的生活，要我弃下这里的一切回沪真是谈何容易！唉！总之，我的内心痛苦又矛盾，处在进退两难的境地，我想摆脱，但这需要时间，也需要付出一定的代价。

在香港，现在有不少男士追我，但是，没有一个能令我心动。也许你会问，上次信中讲的那个呢？是啊！他，我怎么说呢？普普通通，平平凡凡，我只能说，我与他的感情完全是因为在他乡遇到一个有共同语言的朋友的关系。在我苦闷与痛苦时，他在我的生活中起到了一个重要的作用。我与他的关系原来应该可以发展成我与上海的金凯、钟建国那样，但老天爷却偏偏如此安排，让我们跨出了不该跨出的那半步，我觉得这是一件可怕的事。然而，更可怕的还不止这些，更可怕的是我在心中还不能接受这一确确实实的事实。在我的心中，他好像只是一个普通朋友，而不是我的男朋友。多少次，我想说出自己的这种想法，但偏偏我又说不出口，我怕他受不了。因为与他相恋了五年的女友弃他而去，嫁给了一个军区司令的儿子，对于一个人来说，这样的打击实在是太大了，如果是我，我一定会受不了。况且，他的女友又是他大学的同学，才貌双全。但有一点，我绝对受不了，他说第一次见到我，第一反应就是我很像他的前度女友，但我没有她那么高大。我接受不了，我是我，她是她，压根儿就没半点关系，为什么要拿她来与我比较，如果我把他与沪生比又会怎么样呢？尽管论才貌沪生比不上他，但论感情，论在我心中的地位，他怎可能取而代之？算了，不提他了，一切任其发展，但我凭自己的直觉，

南方来信

这一段感情很快也会像烟雾般渐渐消失。如果你问我这是为什么，我只能说不知道，反正我有这样的预感。

有空多来信，你知道我现在很苦闷，我多希望你在我身边。

祝

心想事成，一切如意！

姐　　87

1984 年 3 月 22 日

25

青妹：

　　好像有很久未能得到你的来信了，或许只相隔一个星期没收到你的信，但在我的记忆中却好像"一隔十年"，要我再等半年才能回沪，这真叫人度日如年……

　　前天晚上，我放工回家收到了你大伯伯的来信，同时也附上了一封给你的信。在给我的信中，你大伯伯讲了他的观点（你来港之事），你希望你能来港，但他身为神父无权自由支配教会的经费。平时，他自己也没有收入可自由支配，一切全由教会供给。他每年给上海寄的钱是由教会中另一组织供给的。来信中，他问到在港每月的最低消费需多少。因在港最昂贵的是房租，但你能住我家中，这笔开支可节约了。一日三餐四百元就可解决了。服装及日常用品，我有收入，可以全由我提供。再有，你如能到港，我可通过朋友的关系，在两个月内替你解决工作问题，不会讲广东话不要紧，你做收银员完全是可以的。所以，我与你大伯伯讲，只要给你一千港币便可，二百元路费，八百元为两个月的基本生活费。给你大伯伯的信是在昨晚写的，今天发出，我等待着他的好消息，也希望他能给你带来好运。

上个星期，沪生来信说你好久未与他联系，他从李霞那儿又听说你与方建平来往频密。他说，我一走谁都管不了你，他想打个邮包把你寄给我，真把我笑死。还有，今天从沪生的来信中得知他身体很差，又得了心脏病的前兆症，原因是心情不好。现在我已下了决心，八月至九月里，我一定辞职回沪陪他几个月。如果他去不成美国，明年下半年我便打算与他登记结婚，因为夫妻分居两年之上才可有资格来港。为了他的前途，为了满足他这份强烈的事业心，我只有这样做了。青妹，你会不会笑我

1984

傻呢？

有关前几次信中提到的那件事，我已在心中慢慢淡忘了。虽然他还是那么感情炽热，可我呢，却早已把他视为一个普通朋友了。尽管我休息时，他总会花两个小时陪我去看场电影，但在我看来，这样的新交并没超越普通朋友的关系，因为在上海我也会单独与钟建国、金凯去看电影、听音乐会，没什么稀奇。还有，他对于你我将来都会有帮助，因为你如到港的话，工作问题可由他替你解决，而我回沪再返港找工作也可由他解决。因为他朋友很多，（与我）关系又好，所以，他是一个可"用"之人，不能轻易放弃，你说呢？

四月一日，我刚刚说起三日是你的生日，结果，我在自己公司买了张生日卡寄给你，不知收到没有？或许等你收到的时候已是五日了，这次真的实在太抱歉，我被沪生二姐的男友之父来港搞得团团转。噢！这次我让这位赵先生带回了一些小玩意儿给你，大件的好像是一件短袖衬衣，一件长袖衬衣，还有一条裙子（短裙），小玩意儿有些什么我记不清了，反正到时你会知道的（头带、耳环、唇膏之类）。

好了，不多写了，因为我今天只想给沪生复一封信，就此搁笔。

附上你大伯伯的信。

祝　好运！

姐

1984 年 4 月 5 日晚

26

青妹：

　　四月一日、四日的来信是在前天收到的，昨天又收到你六日的来信。很高兴，你变成了个勤笔头，姐姐反而变成了懒笔头。不知为何，在港住的时间越长，我越不想提笔写信，这也许与香港白天紧张的工作有关。原来在 office 做，早九晚五不感到时间紧张，现在一天十一小时全在公司里，就感到剩下的时间太少、太少了。

　　首先我想讲讲一日来信中讲到的问题。关于拍彩照之事，你不必拍两卷，一卷有三十六张，你可分几次拍。其实，只要分隔时间不太长的话，彩卷不会出毛病的。香港天气够湿吧！我们也分几次拍的。你不妨与李霞一起出去拍上十张，再与金凯、钟建国拍上十张，剩下的十六张你与家人，或你自己想与谁拍，一起拍完它，这样不就解决了吗？你不用担心别人讲你什么，他们不愿意一起拍是他们的事。你不必花钱去买，上海买胶卷太贵了，我回来的时候，会带几卷回来的，我们两个人在家中多拍几张，一定会拍出一些自己满意的照片，你说呢？

　　信中你提到我的情绪如何，说实话时好时坏，其实这些不关香港那个他的事。如果没有他的出现，我同样处在苦恼中。我爱沪生，这一点无法抗拒，但他原来有气喘病，现在又得了心脏病，你说我能不烦恼吗？我爱他，但我很难下决心嫁给他，我痛苦万分。或许，你以为我喜欢香港的他，说句老实话，我实际上并不爱他，更没可能与他结合，反而，有许多时候，我考虑了另一个人。但因环境的影响，我不会与他相恋，也不会与他结合，但他始终为我的知己、朋友。我在耐心等待上帝的安排，在等待一个身强力壮的"沪生"出现在我的生活里，也许，这是幻想，但我还是耐心地等。青妹，原谅我，我

1984

已不能放弃香港的生活了，然而，沪生这样的身体又怎能来香港呢？如果我这几年能在事业上有所成就，如果我有经济实力养活沪生，那么，我决不会选择第二个，因为，我爱他，在我的心中只有他。青妹，你该明白的，有很多时候，我的离弃之情全是因生活所迫。我担心，我会在事业上一事无成。你能理解我吗？青妹。

第二封信中（四日来信），你提到了方灵之事。他今年二十七岁，出生于广州，我已把这事与他谈了，他说先通通信做个普通朋友再说。你能尽快把方灵的地址告诉我吗？噢！还有，你告诉方灵，我吹了个牛，我说方灵是我认识多年的好友，人很老实。他说，如果大家谈得来，过几年，他又有钱娶她的话，方灵不肯来港怎么办？我当然不能讲就是想通过他来港，所以，你要方灵不要流露迫切想来港的心情。另外，如果合适，过几年结婚反而好过早结婚，因为香港男士讲究有老婆本才结婚的，就是说有一定数目的积蓄可以养老婆、孩子的时候再行婚礼、组织家庭。

方建平的五张照片，我会尽快去办的。

第三封信（六日来信）中，得知你马上要去读书了，很高兴你现在变得懂事多了，希望你用功读书，取得好的成绩。

我穿耳环已有一个半月了，但在昨天才刚刚拿下专用穿耳的那对耳环。因当初是用"枪"打的，所以，里面有出血的现象，昨天叫人替我拿下的时候，又出了点血。我怕发炎，只能立刻去银行拿了钱，去金行买了一对14k的金耳环戴着，估计再过一个半月，我就可以戴新潮的耳环了。到时，我一定照几张相给你看。好吗？

好了，时间不早了，就此搁笔。

祝　心想事成

姐

1984 年 4 月 12 日

95

27

青妹：

    真高兴，昨天收到你的来信，今天又收到你大伯伯寄来的照片及复信，你说大伯伯是个懒笔头，我看是个勤笔头嘛！

    关于托赵先生带来的一包东西，其中有些什么我已记不太清楚了，但我知道无带胸罩一只是你的，我专给你穿露背、低胸装时用的；天蓝头绳一根，这是洗过头后或不梳辫子时用的。信中你提到衣服及裙子太大了，我早已知道你会这样讲。其实，目前世界上流行的服装式样已不是收腰紧身装，而是"文革"中那种宽大的服装，这次带去的一件短裤及一条裙子可配成一套穿。你讲裙子也太大，这令我吃惊，因为我自己也能穿，你怎会大呢？另外，有一件黄色的长袖衬衫，我原来也是与那条裙子配的。但我不记得上海天冷是不穿裙的。所以，下面的裙子只有你自己配了。说实话，要我替你买裙还容易，买裤实在头痛，香港哪里能找到像你这样高大的人呢？噢！告诉你母亲，绒线针是我在自己柜台上买的，因为有折扣打，所以，很便宜的。如果她要还我钱，我可是要生气的。

目前，我已定了九月份回沪，不过，这事我只对你一个人讲。我已决定在现在这家公司做到九月二十五日，乘九月二十八日上午八点的直通车去广州。这样，上午十一点可到达，接着马上转坐广州—上海的那辆车回沪，到沪时间将是九月二十九日晚上十一点钟。到时，你可要来接我的呀！否则，我可没办法拿那么多行李回家了。由于我想搞突然袭击，所以，就连沪生我也不给他知道，我要在九月三十日突然出现在他面前，到时，我看他会怎样惊喜。等过了十月一日，我再与老朋友、老同学联系。否则，沪生一定会说我太无情了，一年不见连一天时间都

97

不给他，你说呢？噢！我几号回沪千万不能告诉第二个，我说过一定要搞突然袭击。还有，这次回来，你想要些什么？我打算给你买一条牛仔裤、一双拖鞋、一根宽皮带、一瓶庄生润肤露、一瓶洗发水、一瓶护发素、一套电发水。另外还有一些我用过的东西。除了这些之外，你还想要些什么，望来信告知，我可以慢慢买齐。

　　青妹，沪生是不是又与你开玩笑，说我送他唇膏。事实上，我是送了他两支唇膏，这是我离沪前答应他的，用于唇裂。因为他常常会唇裂到出血不止。另外，我还送他一件汗衫，是补他去年生日的。再有两套托福的书带给他，希望他好好读英文。今年九月回来，我还想带一些衣服给他，但现在还没考虑好买什么，因为十月回来已要穿两用衫或厚衬衫了。我原来想买"情侣装"的，但价钱太贵了，回沪穿得太出众，别人会以为我一定在港挣到了很多钱，其实，我不过是"穷光蛋"一个，你说是吗？

南方来信

有关方建平之事，你既然已经决定了，这也很好。说真的，我很高兴看见你长大了，唯有知识是真。无论在哪里，如果你能认识到这一点，你一定会有出路，会有成绩。

　　我与香港的"他"实在是合不来，不知为何我很讨厌他。我们相识那么短时间，他总是迫不及待希望我答应嫁给他。但说句老实话，做个朋友还可以，拍拖（谈朋友）只是因为可以利用他，要讲结婚，他真是做梦，我怎可能嫁给他呢？

　　我情绪变化很大一事，沪生全然不知。沪生对我的感情怀疑很多，为此，他苦闷万分。终于，我一句终身相托，一场感情风波立即平息，他也情绪好转。就因为我太爱他了。这一点你应该明白，除了他之外，我不可能爱上第二个。无奈命运可能会把我们拆开。但在我与他相爱的每一刻，我都会令他高兴，我都有责任帮助他早日恢复健康，你说是吗？由于我已讲出与他结婚，因此，如果他去不成美国，看情形，我是无理由不回头与他结合的。不管他的身体有多差，我有责任陪他度过一生。就像你所讲的，如果我要考虑答案的话，那么，我不能有第二个选择，我必须与他结婚，否则，他的结局会很糟心。或许，这样，我会失去很多东西，但我不会痛苦一生。当我每次从良心出发的时候，我会觉得自己是个自私之人。"人不为己，天诛地灭"，也许是有点道理。

　　有一件事，我想告诉你，我已决定放弃半年来在影圈的发展。我打算暂时不拍电影及广告，也不再继续受训。原因嘛，这家公司无前途，而我又认识一个人，他对我将来的事业会有帮助。而且，我会有一个更好的前途。详细情形下次来谈。因为现在已是深夜一点半了，就此搁笔。

姐

1984 年 4 月 24 日

28

青妹：

　　刚刚给你发过一信，但我不记得告诉你我替方灵介绍的那个朋友的名字与身高，他名叫"宋青山"，身高五英尺七英寸①左右。他说，先通信交个朋友，如果大家谈得来，那么等他有了经济基础后就谈婚姻。这事望你转告方灵。噢！还有上次信中讲过的相关事宜，你都应快速告诉她。我估计，在我给他地址后，他……

　　青妹，上次来信告诉你我回沪的日期，金凯可能会来问你此事。因为我不想让他来东站接我，怕他太冲动，所以，你千万不能漏出半句。不知为何，

----

① 约为 174 cm。

1984

我有这样的感觉，金凯对我的感情不仅没减，反而越燃越烈。我真担心，这次回来，他是否能控制住自己的情感，我真怕他会流露得太多而使我难堪。唉！想到这些，我又怕回来了。但是，我又不能一辈子不回故乡，看来，这一次，我是非得经受一番感情的考验不可了。

姐
1984 年 4 月 26 日

青妹：

　　你的来信（二日）及金凯的来信（三十日）是在今天下午同时收到的。我真高兴，盼着你的来信已有多日了，它突然的来临使我惊喜万分。不过，我现在已变得沉默了，像这样的激动场面再也见不到了，但这并不等于我不兴奋，你说是吗？

　　昨天我休假，上午十一点半才起床出门买菜，下午两点半才吃饭，三点多接到一个电话，是你大伯伯的朋友打来的，他带来了大伯伯的口信。本来，你大伯伯已答应我帮你出来（因为怕你听到这一消息影响考试，所以瞒了你），但昨天带来的口信说要先征求你父母的同意，如你父母答应，那么，他才帮你。当然，如何申请，如何写信让你来港全由我包了。现在看来，你来港一事实在危险，因为我

103

担心你父母会不放你。当然，我十月份回来也会做一些思想工作，争取说服他们，因为你来港一定会好过在上海，这一点我可以肯定。再有，我们两个在一起，你我都不愁寂寞，你说对吗？下午四点半，我与妈妈一起去了一趟小贩市场，妈妈买了条连衣裙，我呢，一件短裙（很别致的），还有五对耳环，十几对发夹，辫子花（由于穿耳的时间已差不多了，所以，我便买了这些叮叮当当的大耳环。昨天回家，我已换上了假的，真好玩。发夹及辫子花是回沪时送给同学朋友的，我估计再买六对就应该够了）。回到家中已五点半了，妈妈烧饭，我呢，花了十分钟换假耳环，化了妆，还换了一件新买的T恤（两用衫），然后去公司。结果，同事们见了我，个个都不敢认我，因为化了妆的我与不化妆的我有很大差别，再加上平时"土里土气"的我突然之间时髦起来，人人都吃了一惊。大家都说，没想到休息天你打扮得这样新潮。本来嘛，我这个人就是喜欢打扮，

104

只是工作时马马虎虎穿一件就算了，免得招来麻烦。别人认为我天生不会打扮，其实打扮起来我还新潮过他们，说我天生会打扮还差不多，你说是吗，青妹。

上海流行直发，左右用发夹，这太合我心意了。因为我可以不带 T 恤送人，而多买些日本新潮发夹给她们，也可减轻途中的辛苦。听李霞讲你胖了，我给你的裙子太小，我早已估计到了。我想，你可能需要二十五英寸的腰围才行，我呢，来港后发胖，过年后又减轻了，现在直线下降，八十斤可能都没有了。腰围原来二十三英寸，现在只有二十一英寸半了，真是"瘦得可怜"。人人叫我增肥，可我偏偏又不长肉，真没办法。上海已流行穿裙了，我有两条穿过的呢裙子，已不再喜欢了，我这次带回来，不知你能不能穿，因为我担心你太胖了。离沪时带走的那条紫红的裙子，香港用不上，这次回来也带回。记得去年你能穿的，不知今年行不行？我还有一些不要的衣服都会带回来，如果你能穿全部给你，如果不能穿再送给别人。噢，如果我回沪，到沪火车是晚上十一点多，我真担心你一个人不行，而且，这么晚了，你也不能再回家了。如果到时，你真的决定由你一个人来接的话，那么，我们两个就只有住一夜宾馆了。你不用担心，你姐姐虽不是"阔小姐"，但回沪来用钱还是完全够的。我打算连车费在内，这次回来带三千港币。除了车费八百港币外，二百港币打算用于第一天回沪时的住宿，两千港币一部分自己买些工艺品带回香港送给朋友，一部分会请一些老朋友聚会、聚餐，也有一部分自己买些吃的及料子。反正我算过，三千港币是足足有余的。

有关替方灵介绍朋友一事，我真的不好意思，那个宋早就被他母亲反对来沪找朋友，所以，前两天，他突然来找我，还把方灵的照片还给了我。唉！真的不好意思，弄得大家都知道了。不过，你告诉方灵，我还会替她留意的。有适合的，我会介绍给她。

今天在金凯的信中有这样一段话，"关于你秋季回沪，我希望去车站接你！这对大伙儿来讲是'惊喜'，而对我来讲，是证实我的一些想法、猜测，以至于左右我的一个决策的关键"。你看了之后，有何感想？

上次提到另外结识了一个朋友，这是真心的朋友，不涉及男女私情的。他已六十多岁了，在香港属于有知名度的人士，他本人的经历是离奇的，但在信中不便多讲，下次回来，我一定细细地告诉你。他的人生经历，以及他在困难、挫折面前继续拼搏的精神给了我相当大的启发。他的成功之处在于自信及毅力，从一个连饭都吃不饱的"穷光蛋"到一个有知名度的人物，我十分敬佩。目前他正在筹备搞一家高级酒楼，已投资一千两百万元港币，八月份估计将会开张。他想请我去帮手，但我正在考虑中，因为我不知道自己是否合适做这一行。另外，我十月份要回来，不知他是否会影响到我的计划。好了，已是深夜两点半了，不能多写，搁笔。

姐

1984 年 5 月 6 日

30

青妹:

　　昨晚收到你的来信，我真高兴。同时，我又收到了沪生的来信。说实话，我已经有一个多星期没有给他写信了。我不知道为什么没有勇气再在信头上写"亲爱的"三个字。我很内疚，我问过自己是不是还爱着他，深深地爱着他，事实证明，我确实如此，爱得投入，爱得至深。可我不明白，既然如此，为什么又要出现另一段无法解释的感情，一段令我迷惑的感情。事到如今，我还是不知道为什么喜欢那个人。我很多时候都会责备自己，这是一段无法容纳在我心中的感情，一段该弃下的感情，我不知道他有什么地方值得我爱，我不知道，真的不知道。也不知为什么，每当他出现在我面前，沪生的形象又会重现在我的眼前。他向我笑一笑，我却看不见，

1984

我眼前浮现的是沪生的笑容。无论他怎样吻我，我都动不起原来的那份真情，我闭上眼睛的时候，脑海里只有沪生。青妹，我现在才发现，是真的发现，在我的心中只容纳着一个人，从我初开情怀到如今，也许永远只有他一个。我痛苦，我彷徨，因为我有一种预感，我与他结合也许是一种痛苦生活的开始。可我，不知道为什么还依然那样，那样的痴情。青妹，我真的快闷死了。我不知道现在的心情是好还是坏，也不知道自己在想些什么，一切，一切，我好像成了个木头人，一个傻子，真正的傻子，我活到二十岁还从没遇到过这样的事。这样的矛盾心理，我真受不了了，我要离开他，我下了决心。可我刚刚用开玩笑的口吻去试他，我说："我想嫁回上海。"他说："如果你离开我，我马上跳海。"青妹，我怎么办呢？我真恨不得把他杀了。我其实很明白他爱我什么，爱我年轻，爱我活泼可爱，爱我漂亮，我知道，建立在这种基础上的爱是不可靠的，绝不可靠。他口口声声说原来的女朋友怎样，怎样漂亮，怎样有学问，我也口口声声说怎样深爱上海的男朋友，搞到他心灰意冷。但他却也舍不得放下我。我不知道该怎么办，真的不知道。或许他年龄大过我十岁的关系，他的爱确实与众不同，使人感受到一种特别的安全感，唉！

　　……

姐　　111

1984 年 5 月 15 日

31

青妹：

五月十五日来信收到。

有关你来港之事，如何来，如何去提出申请，为了安全起见，我打算等十月回沪之时，找些内行人了解一下，然后，让你大伯伯起草来信。因为你知道政策是不断在变的，像你这种情况，探亲来港三个月是完全有把握的，但定居就要动一番脑筋了，你明白吗？

回沪带的礼物，送给同学的，我已买了皮夹、发夹、照片架（相架）、皮包、项链、戒子（不锈钢的），送给小朋友的钢笔盒、铅笔、橡皮、橡塑书包。另外还有一些其他的小玩意儿不知能否带进来，比如带数字的电子笔、玩具以及成套的小项链、笔。由于都有数字显示，我估计不能进口。

南方来信

我自己还有不少穿过几次的半新的衣服可带回，我估计再买些尼龙短裤就差不多了。不过，我总觉得送短裤给人不好，所以，除了会给你及沪生的姐姐带些短裤及胸罩外，我不会把这些送给别人。噢！对了，你在上海买胸罩的尺寸是不是73，如果有变化请告诉我。还有，袜子规定最多只能带十双，沪生那里，我上次托赵先生已带了十双给她们，这次除了我自己回沪需要之外，我全部带给你。你需要什么颜色的？肉色、白色、黑色、灰色、黄色、红色、粉红色、蓝色、绿色，什么颜色都有。你需不需要袜裤？春秋穿裙时穿的。不过，你人高大，我不知哪一家公司有卖西欧人的袜裤，但是，薄一些的，我自己公司就有卖。男同学的东西，我与你想到一起去了，我本来就是想买些 T 恤、烟与打火机。

青妹，你说回沪你会认不出我，怎么可能呢！火车里两天，我已脏到不能再脏的地步了，哪里再会化妆，你说是吗？不管怎样穿衣服，我还是我，你说呢？你问我像什么国家的人，我是中国人，当然中国人的样子了，服装全部是本港的，也是中国格调的，怎可能不像中国人呢？

最近一些日子，我瘦得很厉害，八十斤可能都没有了，精神也不好，别人说我心事重重。我想，除了沪生之外，没有事能令我担心，也没有事能令我不吃不睡。

另外，回沪第一夜，我一定要住一晚宾馆，为什么呢？一是，北站离你家远。二是，火车上两天，我实在是又累又辛苦，我必须有一个舒适的环境洗个澡，然后睡个饱。三是，太晚了，打扰别人不好，我自己家里人都不想打扰，何况你家呢？如果去你家，倒不如住回我家，又近，又大，又舒适。至于回沪一个月之事，我自己也没决定，如果可能的话，我当然希望多住几天，但如工作脱不开身的话，也许一个月住不满就走也说不定。我回沪的目的，本

南方来信

来是看看老同学。另外，自己好好轻松一下，香港
太紧张了。

姐

1984 年 5 月 21 日

32

青妹：

　　昨晚放工，我匆匆忙忙赶回家，因为昨晚是一年一度的香港小姐竞选总决赛，从来没见过这种场面，我充满着好奇。不过，在回家的时候我还是没忘记开一开信箱，结果得到了四封信，真令我高兴。

　　昨晚看完电视已是十二点了，但我还是给沪生复了一封信。今朝，我便把你寄来的底片送去自己公司的冲印部了，他们要我晚上去取照片。说真的，现在才下午三点多钟，我已急于一睹你们的相片了。我真想看到分别了九个月的老朋友们有没有变。因为我自己变得太多了，所以，我也会想到别人的变化。

　　告诉你一件很有趣的事，二十五日我与原来公司的一批老同事在尖沙咀聚餐，当晚，我们相约在"金巴利中心"底下见面。结果，我第一个到，我一个人站在那里，看着他们一个个来到，但他们一个都没认出我。也许，近两个月来，我在服饰打扮上花的不少功夫已有了成效，从化妆的配搭、服装，到饰物都开始跟上潮流了，难怪别人会认不出我。几个月前，我还是"乡下妹"一名，品味也是土里土气的，总摆脱不了二十年来的一贯眼光。我很高兴，从外表上我已经与土生土长的香港人没有分别。现在，对我来讲，最重要的是迅速把上海音改掉。否则，我还是做不到以假乱真的地步。我想，今秋回沪，我一定要叫大家认不出我，除了你之外。因为你到车站接我，我当然一定要以真面目示人了，否则，你认不出我，我一个人怎么回家呢？你说是吗？

今晚，我会去冲印部拿相片，拿了之后，我会随这封信附上一部分，还有一部分会寄给沪生或小霞。

1984

不多写了，就此搁笔。

祝　好运！

姐

1984 年 5 月 27 日

……这些包很容易坏，一只包用不到半年的，换着用会好些。

九月能给你寄的物品初步定有：

一、化妆品

1. 化妆水一瓶（肤色），液体

2. 胭脂一盒（桃红）

3. 八色眼影一盒

4. 唇膏四支、唇彩一支

5. 冬天护肤霜两瓶

6. 眼睫毛液一支（防水）

7. 睫毛卷一个

二、饰物

1. 发夹两对

119

2. 戒子两只

3. 手链一根

4. 项链一根

5. 耳环一对

6. 梳一把

7. 手镯两只

8. 钥匙圈一个

9. 湿纸巾十包

三、衣服

1. 羊绒衫一件（旧）

2. 羊毛衫一件（旧）（连帽）

3. 绒线衫一件（旧）（鸡心领）

4. 衬衫一件（旧）（长袖衬衫）

5. 长裤一条（新）（买来的特价品，有点不干净，
你洗一洗，不能穿的话，自己改一下）

6. 皮带一根

7. 袜及袜裤八至十双

姐

1984 年 5 月 31 日

姐姐：

……大概到夏天还会瘦些，姐姐您怎么只有八十斤，是不是在减肥？可要当心身体。也许是工作学习忙，想沪生想坏了，是吗？您托赵先生带回来的一条紫红裙子，我能穿，就是紫了些，您看我胖吗？现在腰围一尺九，也不是太胖，最近工作、学习很忙，又瘦了，我倒希望瘦些。

另外，关于回沪我来接您一事，我想不必花费许多钱住宾馆，住在我家也行，我家离火车站很近，您看如何？您回沪带三千港币，我估计也足够了。姐您住几个月？听沪生说您住一个月，太少了，一年不见只住一个月，太短了，也许您回去还要做工作，但尽量多住几天好吗？

关于方灵之事我会转告，没有关系。

金凯的这段话，写得很奥妙，很难理解，可以说您上次的预感非常正确，您打算怎么办？他也自信能得到您，当然这是推测，并不是十分正确，也不必告诉他。

听说您认识一个朋友，很可靠，那我就放心了，但也要防一手。

今天，钟建国、金凯又来过我家，等金凯五月二十日考好试，他让我到他单位里去做功课，要好好管我。钟建国还说叫您母亲（把我）全托给金凯管，金凯说是的，他们都把我当作小妹妹，托儿所阿姨管小朋友。这两位"阿姨"管得可严了，哈，哈！

蒋兄李霞要拍照，问沪生借照相机，沪生非常客气，把自己的一卷都放进里面装好，星期一一起拍。由于李霞姐姐过一两天也要拍，所以都要拍完。

倪青

1984

123

青妹：

　　你可真逗！姐姐还是儿童吗？都二十一足岁了。从香港的法律来讲，姐姐已经是个成年人了，无论什么事，外人及父母也不得干涉，你说有趣吗？

　　这次在李霞新居拍的几张照片不错，服装搭配很出色，只是与这里的服装潮流比还差一大截。不过，我相信，这样的服装在上海已经可以算冒尖了。你觉得如何？李霞的服装似乎太落后，欠缺时代感。你的服装已至少比这里落后了两年至三年，但她的服装是几年前早被淘汰了的，在香港市面上已见不到的时装。当然，这样的时装在上海还是可以的。沪生有几张拍得颇自然，把他的性格全显露出来了，我很喜欢。

　　青妹，你可真有趣，把姐姐什么时候回沪都算

南方来信

得那么清楚。青妹，姐姐也真想你们啊！如果手头上有钱的话，我根本不会算到九月底回沪的。我是有苦讲不出。回来一次，同学、朋友那里一件小小的礼物就行了，但沪生家里怎么办呢？又巧逢他大姐结婚，我总要送些东西。沪生来信讲，他大姐想要只玉镯头，我去看过价格了，至少八千多元。我自知能力不够，便写信回去问沪生，玛瑙的行不行？如果行，那么，我可以省些钱，否则，我真会怕到不敢回来了。

六月五日我休假，本来我计划再去拍一卷照片的，谁知天不帮忙，雨大到像水桶浇水一样，没法出门。但我不罢休，一定要拍，结果在家拍了几张。可能是我的恒心打动了"天公"，下午五点终于停雨了，而且出了太阳，我真高兴。原来我打算当晚再拍一卷夜景的，但第二天上午父亲要去杭州，要带走照相机，所以，我便打消了这个主意。不过，这次能搞成功，我已很高兴了，经历了上两次的失败，我都有点心冷了。这次二十六张，我竟没换衣服，一套拍到底，或许，这样做过分单调了，但我做了不少有趣的动作，所以不觉得太闷。我随信会寄上两张较严肃的，因为拍得好，没有趣的张数不多，我先寄给张家林，等印好了其他的一些之后再寄给你。也许，你会问是谁替我拍的。我相信，你是聪明人，除了"他"之外不会有第二个这样傻。青妹，我现在真有点支持不了了，我对他一点感情也没有，但为了自己，要去逢场作戏，偏偏他又那么投入，还向我求婚，我若不离开他，真不知他会做些什么。说实话，我真想离开他，但偏偏下不了这个决心，因为他有利用价值。我真是非常苦恼，我多想早些回来，离开这块叫人心烦的地方……

姐

1984 年 6 月 7 日

35

青妹：

来信收到。

从信中得知你不见了"玉镯"，或许你有点舍不得吧！青妹，想开点，这是不值钱的小玩意儿，不过四元港币而已。当时，我买那只天蓝色的镯头时，我自己也买了一只，两只一样的。只是我自己留下的那只是淡紫色的，也许我向来偏爱紫色，所以，我觉得紫色的比天蓝的那只更好。由于那只镯头大了一点，因此，我戴了两三次便放在抽屉里没用过，今秋回来，我带给你。噢！十七日休假，我与姆妈一起去逛街，买了一只真的玛瑙镯头。本来，我想给沪生的大姐姐的，结果，回家戴了之后却再也拿不下来了，可能我买的太小了一点之故。因为我自己有了一只真的，所以，我这里两只假的手镯全部

127

1984

可以给你，再加上我给你买的那只绝色的手镯。所以，等我回来时，你一下子可以有几只手镯了。还有，几个星期前，我买过一只手镯，我问过内行，他们说是真玛瑙的，只是有斑点不值钱，不知你能否戴，要是能戴也给你。

信中提到的王先生，老实讲，我对他真的毫无感情。本来，我是想利用他的，因为他认识的人多。但现在我自己也有办法了，不再需要这样一个没用的人，所以，我已决定解除现在与他保持的那种朋友关系。最近两个星期以来，我已拒绝听他的电话，也不再接受他的邀请去吃饭、看电影或者旅行。青妹，别忘了，姐姐学了半年的表演不会没有收获的，面对镜头，不管谁替我拍，我都可以进入"角色"。这辑照片有相当大的原因是为上海朋友们拍的，一想到昔日的故乡朋友，我的眼神能暗淡、失望吗？尽管我的内心一直痛苦至极，但我不会流露，因为我相信这一世永远不能摆脱苦恼了，不如想开点，

南方来信

你说是吗？

　　参加"威娜小组"竞选，我可能失败了，因为至今还没收到复试的通知。

　　青妹，这一个星期以来，我的心里很乱，我很怕自己会坠入爱河，因为"他"集中了金凯与钟建国身上我喜欢的优点，而且，他来港也只是两年，七九届的，我们有很多共同爱好，也有很多共同语言。来港近一年，我始终没能找到一个能理解我的人，也许我们是同乡，几句上海话一讲便有一种亲切感，也能互相理解，不再有那种难以言传的隔阂。虽然，他长得很普通，又是个"穷光蛋"，但他对我有一种很强的吸引力。尽管我俩都表示不谈朋友，只是保持普通朋友关系，因为现在不是我们"谈情说爱"的时候，但是，我明显地察觉到这道防线很难守住，关键在于，双方的感情与日俱增，因为我们同是"天涯沦落人"。青妹，也许你不敢相信，晚上放工回来，我可以从晚上十点半开始，到第二天凌晨两点多钟，

1984

在电话中同他讲笑话，当然也讲自己的经历与不幸。共同的命运，把我们两个互不相识却来自同一个地方的人连在一起了，并使我们成了好朋友，这也许是天意。唉！命运捉弄人，我只能任天命摆布，一切顺其自然了……

关于连衣裙，紧身的在这里是不能买到了，因为很早已被淘汰。去年刚来的时候，我买过一些紧身的短裤衬衫（针织一类的），这些我回来时，如果你能穿全部给你，因为我根本不需要了。

马上放工了，不能多写，就此搁笔。

祝　好运！

姐

1984 年 6 月 19 日

36

青妹：

两封来信都已收悉。

有关金凯之事，我从他近来的来信中可以理解到这些，但我始终认为他没什么恶意，有时只是脾气急、冲动，所以，我根本不把这些挂在心上。等我回沪，我会好好找他聊聊。希望他能忘记过去的不快，不要用怜悯之类来对我，我不需要，我不是一个弱者，我靠自己也能渡过难关，你说呢？

谈到沪生，这事我早有了主意，但信中难以讲明，反正很快就能回来，不妨见面详谈。

拖了几天给你复信，你不会生气吧！这两天，沪生的亲戚途经香港，我难抽时间写信，因为从早到晚，我都陪他买东西、办手续，看看香港的风景。昨天是最后一天，也是他来港的第二天，但我陪他办完事，实在已累得要死了，今天中午他上飞机回美国，我都没能去送。一方面不能再请事假，另外一方面我也有点吃不消了，因为去机场不方便，我又不认得路，外出便靠"Taxi"代步．路费太贵。两天时间，我已花了二百元港币的路费。

　　收到我这封信，估计马上就要考试了，希望你好好复习，同时也祝你好运。

　　今天我不写长信，给你多些时间复习，六日考完试，我会有信给你。

　　祝　一帆风顺 心想事成！

姐

1984 年 6 月 28 日

37

青妹：

　　上一封的信很短，因为我想给你多些时间复习，相信你会理解我的。

　　今天已是二日了，我预定今晚再给你复信，这样你七日考完试便可收到我的来信。正巧放工回家我又收到了你二十六日的来信，真使我高兴。

　　青妹，你说自己的预感很灵，其实你的预感并不正确。第一，我与王分手时尚未与"他"相识，更不可能熟悉，在与王分手后一个星期，我才开始第一次与他说话。另外，我与他之间到目前为止，仍保持着普通朋友的关系。也许，我与他永远只能停留在这种关系上。为什么呢？他事业心太重了，为了一心一意搞点东西，他根本不会跨出那一步。虽然我是众男士追逐的目标，但在我面前，他把握

133

1984

得很好，没有做过丝毫超越普通朋友关系的事情。而且，他的一举一动已经告诉了我，这一次将会重演当初我与金凯的那一幕，以后，等他后悔的时候，我已投入别人的怀抱。我相信，这会成为将来的事实。但我绝不能否认，他会成为我在港唯一的好朋友，我会像对待上海的那些老同学那样付出真正的感情。

青妹，我得告诉你一件极其美妙的事情。上个月二十六日，沪生的亲戚杨家康回美途经香港，当晚我去机场接了他，并帮他办妥转机手续，安排了住宿，第二天又陪他买了些东西，请他尝尝香港人的中午饮茶，还带他去最漂亮的尖沙咀东部看夜景。仅仅一天的时间，我竟与他非常熟悉了，彼此无话不谈，投机万分。真可以像他讲的那样，我们是一见如故。一天时间虽然短暂，但香港的繁华，加上我这个令他满意的向导，竟使他流连忘返了。我呢？也真有点舍不得他离开，因为我太喜欢与他在一起了，我从来没有想到过，一个年龄大过我十多岁的人竟能与我有一样的思想，共同的语言。我也从来没想到过，一个陌生人竟能给我留下如此深刻的印象，令我第一次感到香港是个可爱的地方。也许，你看了我写的感受会误以为我与他相爱了。但我们永远不可能有这个权利了，在他的心中，或者在我的心中，只能叹一声"相见恨晚"。因为他这次回沪探亲，与一个没什么感情的姑娘闪电式地结了婚。也许这是上帝的安排，我与他没有缘分。唉！我真不明白上帝为什么要这样安排，更不明白为什么要让我通过沪生认识一个比沪生更强、更有吸引力的人，但他为什么偏偏又是个有妇之夫，太可怕了。青妹，我真希望那只是一场梦，一场梦……

　　青妹，你提议找一个……的人为对象，是的，我考虑过，但我比你考虑得更多。我希望找一个大过我七岁左右的男士，他必须见过世面，在我的眼里，他应该是个可靠的大哥哥。他应具有很强的男性气概，有事业、有才华，外表必须有很浓的男性味儿，

1984

给人成熟、稳重的感觉。他不一定长得英俊，但他要极具个性，对我有吸引力，不至于我见到别一个男士而立即变心。原来，我希望找一个年龄与自己相仿的人，但我过于成熟，不管与哪一个和我相差一至两岁的人在一起，我都会感到他什么都不懂，好像一个小弟弟，什么都要我教，一点安全感也没有。所以，我改变初衷，决定找一个大过自己多一点的男性，你看如何？

有关沪生的事，今秋回沪，我会与你详谈，结合可能性太小了。离开暂时也不可能，因为他会受不了的，加上他的病，我不能不三思而行。目前，我还在筹备回沪之事。我打算在九月二十六日离港，向公司申请九月份五天连假，再请一个事假，十月份要求公司给予停薪留职，但目前尚不能知道公司会不会批准。也许，这次回沪一个月的计划会缩短至三个星期，为什么呢？因为这个月我又得到了加薪，从原来的一千四百元加到一千五百七十元，我

现在的薪金已超过了一个在这家公司做了一年的人，

公司对我不错，我应该把握机会，你说呢？

　　太晚了，不能再写。

　　祝　好运！

　　　　　　　　　　　　　　　　　　　　　姐

　　　　　　　　　1984 年 7 月 3 日凌晨 1：35

38

青妹：

你好！

九日来信收到。

青妹，你现在可不得了，如此口才，姐姐也望尘莫及。这一年来，姐姐的"口才"无处发挥，一直不讲也变得不会讲了，如果你现在要我讲实话，只恐怕我舌头都不会转弯了……

有关我与沪生一事，我自有办法处理。当然，你的建议也不错，这件事万万急不得。一定要慢慢等待时机成熟。我想，这次回沪给他一点点小小的暗示，看看他的反应如何，以后，再慢慢地解决。青妹，不瞒你说，沪生我是很喜欢的，只是环境变了，假如一意孤行，不会有好结果的。既然这段感情不会再开花结果，那又何必再支撑着呢？我痛苦，

138

他也痛苦，不如早点分手。但这段纯真的感情会永远留在我们的心中，成为一段美丽的回忆。

　　沪生的亲戚杨家康昨天从美国寄来一信，他已顺利到达目的地。他说很欢迎我去美国玩，如果有机会，他也会再来港与我聚聚。虽然信很短，但我很满足了，得知一路平安，深感安慰。以后，我们会以信件的方式保持联络的。相信以后，他会成为我的好朋友之一，因为我们太谈得来了。

　　青妹，在婚姻问题上，我与你有着一致的观点。我会找一个能把我带去美国、加拿大、英国或其他一些发达国家的人，因为我身为长女，得为弟弟考虑。香港只有两所大学，如果考不上，只有去留学。所以，这一责任全落在我的身上，我必须在这几年内离开这里，为弟弟读书创造好条件。当然，我也不会糊里糊涂去嫁给一个人，我也要寻找自己的幸福家庭。

　　今秋回沪，我有不少旧的夏装带回来，你现在穿的我送你的那些衣服可能明年夏天便不会再穿了，因为我这里还有很多旧衣服，只要你能穿，全部给你。说实话，我也实在辛苦，这里的时装只能穿一个季度，而我家中房子又小，连衣服都放不下。这次回来，我可以清除一批，再添些新装。也许你不知道，香港人穿过几次的衣服便不要了，有的还出了钱给人家丢掉，真是很奇怪的。我想，这次回沪让你试一试我的这些衣服。如果你能穿的话，那么，就算我以后不能常常回沪也不要紧，我花一天时间去一次深圳给你寄回便可，你也可省去一笔做衣服的钱。但是冬装，我可能无法支援你，因为这里的天气不冷，那些厚厚的衣服我是没有的。但那些化妆品、小玩意儿、皮包之类，你以后可以常常换花样，因为我用三个月便换了，现在我这里就有两只不用的皮包，还有一只最多再用一个月也不会再用了。所以，这些东西，你以后自己千万别买了。

有关金凯，我曾给他复了两封信，但信中没讲什么，只是答了些他提的问题。另外，他责备我不给他照片，并点兵点将地要了我寄给你的当中三张，一张抱柱子的，一张坐在自己床上，一张玻璃窗前站着的全身照。由于我写信时很匆忙，因此，现在要我讲信中写些什么，实在记不清了。

　　香港气温多少，我不太清楚，但我感到没上海那么热，差不多在三十至三十二度之间吧！室内有冷气，我不感到热，太晚了，不能再写，有空再聊。

姐　　141

1984 年 7 月 13 日

39

青妹：

十三日来信收到。

有关沪生二姐一事，你可能没明白是怎么回事。今年三月，二姐来信讲她未婚夫之父来港公干，她说会从美国汇钱给我，让我替她买一些东西。等了很久未见汇款，所以，我没替她买。后来，她又来电报说要我垫钱。当时，我根本拿不出两千多元。另一方面，我也不想管此类事。家母却说，看在沪生的面上，及二姐未来的丈夫之父原来在沪与自己有点合作关系的面上，她垫上。但结果呢？就像现在这样了。本来，我是想写信给沪生父母的，但沪生一点都没用，怕这怕那，不让我写信。唉！真头痛！青妹，说实话，对于这样一个家庭，我实在是望而生畏了……另外，你让我一手交钱一手交货，但电视机早被那位来港的赵先生带走了。如果我要她还港币，那么，正合她胃口，她可以讲没外币而拖下去。我讲要人民币，她还有什么理由可讲呢？还有，今秋回沪，我要好好找沪生父母谈一次。沪生太老实了，但他父母还以为家中三个孩子，最好的是二姐，真是岂有此理！她如此霸道，这次我非给她点颜色看看，让她明年的新娘做不成。让她知道一下，我可不是沪生，那么好欺负。以前是看在沪生的面上，如今还有什么好顾虑的呢？反正，我是不会入这个家的。虽然沪生对我不错，但毕竟很难再走到一起了，这段情总有一天会结束的。

　　金凯今天给我来了信，信中的内容想必你已知道。说实话，要我现在做出选择是不可能的。因为我根本不知道自己是怎样想的，我也不知道如果答应会是何后果，不答应又会是何后果。我不愿伤害他，他对我还算不错，在困难中曾多次向我伸出友谊之手。我想，无论如何，我得等静下来后好好地考虑

1984

一下。也许，经过冷静考虑后的决定会令他痛苦与失望，但我也无能为力，一切都太晚了。要是在徐汇区某中学求学期间，要是在离开学校后短短的几个月内他像今天那样对我说，我可以肯定自己会投进他的怀抱。但现在我长大了，成熟了，再没有那时的冲动了，沪生的这段感情已足以使我心灰意冷，我付出的太多了……

噢！告诉你，从八月一日开始不要给我来信，因为要搬房子。我估计，在八月六日就会搬到中环去住。如果你在八月一日还写信给我的话，我是收不到了。青妹，忍着点，等我知道地址立即告诉你。非常可怜，到目前为止，我不仅没去看过新居，连地址也不知道。我只知道那里的房子很大，比现在住的大了两倍，用三分之一的地方给父亲开公司，别的我就不清楚了。

前不久，我去应征"中文电脑操作员"一职，目前尚未知行不行，但我很想做这一行。一是因为电脑风行全球；二是此公司会派任职之人去内地工作，如果我行的话，我能在内地长住。要是派往上海，那么，我们又可以天天在一起了。

由于家搬往中环，九月回沪时，我可能会辞职。因为上班太不方便了，路途太远，晚上十点收工回来，那条路静悄悄的。所以，我现在正在考虑中，如果辞工回来的话，人会住长一些，也许到十一月份，或十二月份才回港。

太晚了，不能多写，就此搁笔。

祝　好运！

姐

1984 年 7 月 19 日

青妹：

　　很久没和你联系，不知你的近况如何？招工考试听说已经结束，你是否因我一直不写信或不关心你的学习而生气？如是这样，望能原谅，我实有难言之处，就是你姐也极难理解我目前的心境。我也不想让她知道，免得她为我担心。她一个女孩子，能在港闯出一条路是极不容易之事，我很佩服你姐的才能。因我有几个亲戚几年前去了美国，有几个到现在才刚适应那里的生活，而你姐赴港仅一年，就已能独立生活，她又是个女子，这实为罕事。

　　昨天，我收到你姐来信，表面看来如同往常，但我知道，她的内心充满矛盾。一年的在港生活使她增长了许多生活知识和方法，她怕回沪后不能为我等生活于内地之辈所理解，这也难怪她，确实我们的思想都被"教育"得"傻"了，仿佛香港总是那样新奇和可怕，香港人的思想又总是那样与我们不同，难以接受。其实不管是内地的，还是香港的，人们都只了解对方的一半，这难免会发生误会，甚至引起矛盾冲突。我个人认为，只要双方都能以真诚与实际的态度交换思想，一切都可以得到解决。

　　青妹，今天是星期日，明天星期一，是我的休息日，如你有空能否来我家，我有一些话想和你谈。（最好能上午来。）因今天要上班，匆忙中给你写了几句，有些事不能一一写明，我认为还是有时间面谈为好，你说呢？

　　祝　好运

沪生

1984 年 7 月 22 日

1984

40

青妹：

　　来信收悉。

　　刚刚吃完晚饭，由于没有顾客，因此，我便在柜台上提起了笔……

　　青妹，前晚，我整夜没能入睡，因为我心里实在又乱又烦，理不出个头绪。二十三日是我休假，张先生（上次讲的那位富商）请我饮茶（饮茶是广东人的一种风俗，也就是吃点心那样的，只是有很多很多道点心，又有茶，又有炒面、饭之类），我当然不能拒绝啦。因为他对我的前途会起到作用的。本来，我已经答应一个男士陪他吃饭、看电影的，结果也只能被我推了。中午，我们在约定地方见面，然后去饮茶。饮了茶出来，他说请我去看电影。我说，我要回去烧饭给弟弟吃。因为弟弟今天开学（补习学校）。张说他以为我今天能陪他到晚上。我说实在很抱歉。后来，他对我说，刚才没吃饱，要我陪他去餐厅喝点什么。结果，我们在旺角一家餐厅里喝了点东西，在此期间，他对我说，世界上有很多东西是极其微妙的，我当然明白他指什么，但我不回答他。后来，他又说，要我回去好好回忆一下他说的话。我问他："是不是刚刚你说的那句？"我说："我不是什么傻瓜，你不用对我说明白的，说半句，或者打个比喻，我就会明白了。"他说："那最好了。我希望你继续陪我到晚上。"我说："不行，弟弟读书也很重要，如果你要我陪你吃晚饭，我晚上再出来。"他说："那好，你几点可以有空？"结果，我们约了时间，晚上再见面。由于我们见面的地方是在海边，因此，面对如此美丽的黄昏景色自然不想离去。我们在海边站了很久，见到海上的船只，他便问我船的英文叫什么，还教我大西洋怎么讲、太平洋怎么讲，真的，我觉得学到了不少东西。我知道，他是个知识渊博之人，环游世界多次．又会说英语、日语、俄语、意大利语、印度尼西亚语等，还是个十分能干的商人。本来，我是十分佩服与尊敬他的，只是此时，站在我面前的他却充当了我的"男朋友"。对于一个可以做自己祖父的人，你让我怎么去喜欢他。唉！真难呢！晚上，我们在香港最高级的尖沙咀东区吃了饭。饭后，又回到海边，他要我在海边的石椅上坐下，我说："坐在这里？"（因为我有点奇怪。）"这里不好吗？"他反问。确实，这里是不错，香港的夜景本来就是世界有名的，又何况这里是香港最漂亮的地区，又是海边。一坐下，他说："双玉。"我说："什么事？"他伸出手，握住我的手，说："我想告诉你，我开始爱上了你。"我沉默不语。他又继续说："爱是没有年龄界限的。你看，前面的两个不也是和我们一样吗？""实在不可思议。"我说。"你有没有读过世界名著？"他问。我说："当然啦。"他说："那么，你该明白这是正常的，也是很多见的。”我心想：是的，在这个社会里什么都会发生，什么都会有。今天我就见到了几对像我们这样年龄差距很大的。可是，为什么这一切要发生在我身上呢？他的话又打断了我的思绪："双玉，告诉我，你爱不爱我？""不知道。"我叹了口气，又说，"我对于感情的事实在害怕了，我不想再踏进去。"他说："双玉，我会培养你的。自我认识你之后就知道，你会成为我的助手，你很聪明，我没有看错人。""不！你估计高了，我的智力很普通，又是个高中生。""不要自卑，我相信，你以后一定是个女强人，你很有雄心壮志。""你怎么知道我有理想，我追求事业？""我还会看不出来吗？""是的，你说对了一点，但我将来未必会成功，也未必是个女强人。""只要你努力、肯学，你一定能的。""双玉，以后愿不愿意和我在一起，我帮你移民去美国，那里我有一个高级住宅，有网球场，还有游泳池。""你太太不管你吗？""都这么大年纪了，管什么呢？

何况她也不会知道。美国的住宅本来是我哥哥的，他是世界著名科学家之一，但他没有子女。所以，他把那套高级住宅送给了我，我太太和孩子都住加拿大，他们不会去那里的。""双玉，过两年，你够条件去台湾的时候，我想送你去台北住一年。在这一年里，你跟我学做生意，帮我看管那里的一套住宅，我会在一年内帮你搞好去美国的手续。"两年？到时再说吧！世界千变万化，谁知道两年后又是什么情况。"双玉，走走吧！坐着太吃力了。""好吧！"他拖着我的手沿着海边走，海风轻轻吹乱了我的头发，我望着那夜景，默默地走着……

青妹，晚上，他送我回家，我洗了澡便上床，我希望用睡觉来代替一切。但是，我一晚没能入睡，我觉得一切都太突然了，我不明白他为什么要说爱我。其实他不说爱我也可以得到我，我不明白，为什么他那么大年纪了还如此浪漫。我不明白，为什么眼前的事实，与算命先生讲的不谋而合，难道是偶然的巧合吗？二十三日我会为秘密恋爱而烦恼。我的婚姻一览中说："你会和年龄悬殊的对象结婚，并且得到幸福的人生。"我当时只是付之一笑，我觉得是无稽之谈，因为我根本就不喜欢年纪大的男士。青妹，我现在有点不相信发生的这些是现实，我希望它是一场梦，一场梦……

青妹，帮帮我，我太苦闷了，我没法接受眼前的事实。青妹，我该怎么办？怎么办？

青妹，我等着你的复信，但记住，最迟在八月一日上午把信寄出，否则，我不会收到。因为八月六日我就搬走了。

姐

1984 年 7 月 25 日

青妹：

　　这两天，我总是想给你写信。心中的苦闷无处诉说，自从那张先生说了句"我爱你"以后，我的思绪便乱作一团。说实话，我有点自卑，我不知道自己是否有这样的潜质，我更不知道如此一个久经风浪的人竟会做出这种事，难道是天意吗？我不相信，真的不相信，他有个好太太，有几个已经获得博士学位的儿女，有自己的事业。一个人爱情、事业、家庭都那么美满，他为什么还不满足呢？难道他是一时冲动吗？不！这么大年纪了，那么多经历，这绝不是开玩笑的，也不是什么一时冲动。我问过他为什么，他说"不知道"。我实在也想不出为什么。如果是因为我年轻、漂亮，那么多女明星追他，他又为何不动心呢？（他是六十年代的著名导演，曾经与韩非等人合作过。）他有钱，又有十足的男士风度，无论走到哪里，谁都会把目光停留在他身上。青妹，我真的接受不了这样的现实，因为无论从外形还是内涵来说，他都是过人的，只是年龄大了点，不过谁都看不出他已经六十了。如果你见了他，一定会说他才五十岁，或者更年轻一点。但是，我这样一个普通的女孩子用什么打动了他的心呢？何况我从来没有对他好。我感到自己是配不上的，可偏偏他有意娶我。老实说，我下不了决心，纵然是当少奶奶，我也受不了。纵然是家财万贯我也不感兴趣，我还忘不了上海的一段情，忘不了昔日的欢乐与恩爱。也许，我是个傻瓜，多少人想得到这个位置而没能得到，有人举双手奉献给我，我却犹豫不决。也许，正如金凯说的，在爱情方面我并不出色，我太软弱了……

青妹，如果有一天我告诉你，我下决心跟他去美国了，我会跟他一起生活，也许还会给他生下一双儿女，到时，你会怎么想？是不是觉得我太荒唐了，太过分了，太无聊了？青妹，我不敢想象这是事实。我该是沪生的，我爱他，他又那么爱我，他哪里经受得住这样的打击。俗话说，"人生何处不相逢"，如果有一天，我们在美国相遇了，他见到我，我怎么对他说呢？难道我这样对他说："原谅我，忘记我，因为我已经是别人的妻子了，我是个负心人，我不值得你爱，不值得你思念，你走吧！永远忘记我。"唉！世界太残酷了，那些令人断肠的事竟然会发生在我的身上。青妹，上帝太不公平了，如果我当时不离开上海，那么，这一切又如何会发生呢？命运！我难逃命运的手掌……

42

青妹：

　　上一张信纸是两天前写的，也许是因为我太感疲倦，这两天晚上很早便上床了，没能把这封信写完。

　　在上一封信中，我曾给了沪生一个小小的暗示，他似乎以为我在开玩笑，还劝我一番。我看，他是接受不了这样的现实。说实话，我很害怕再见到他，我变得太多了，这是他无法接受的。也许因为一些现实，我再也拿不出原有的那份热情与真诚，这一切会令他伤心与失望的。唯一能给他安慰的便是我会成为一个他理想之中的人物，但到时，我都是别人的了，他会接受吗？相信谁都不会接受的。你的看法如何？青妹。

　　金凯那里，我还没有复信。我打算再晚一点答复他，我相信一切都不可能了，不知他能否经受得住这次打击。但相隔千里，有缘也是无分也！

有件事想告诉你，下个月或再下个月，我可能会辞去现在的工作。也许，我会去一家电脑公司工作，如果一切顺利的话。以后，我可以常常回来的，这是工作的需要。就因为这一工作走内地，所以，我十分喜爱。但遗憾的是，如果被录用，我九月底的计划便告失败，我必须等公司派我回来才可回沪。不过，我有个计划，如果被公司录用，我会在八月份去一次深圳，把一些旧衣服及给你买的东西寄回沪。老实说，我这里也快放不了，旧衣服越来越多，扔掉又不舍得，想来想去还是去趟深圳。青妹，你不会怪我吧！

太晚了，我很想睡了，就此搁笔。

姐

1984 年 7 月 28 日

43

青妹：

　　昨晚给你写的一封信还没寄出，因为今天是星期天，寄不寄都一样，邮局是关门的。

　　今天上午，我请了一个小时的假去新居走了走。虽然面积大了很多，但那个地方没北角那么方便，出门买东西都要走一段路的，差不多从家中到热闹些的地方需花五分钟时间。不过，住过去了之后，时间一长也会慢慢习惯的。今天我特地看了看地址，但我不知寄信是否只凭这样一个地址就可，所以，就算告诉你也没用。另外，以前有过家父拆信的事例，所以，我打算自己去邮局租用信箱，以后通信直接寄到我自己的私人信箱，这样比较安全可靠，不知你意下如何？

　　有关能否去电脑公司工作一事，我估计成败各一半，因为我是女性，可能会不合算，大家总会优先考

159

虑男性的。但是，我也不能排除被录用的可能性。如果被录用，我将按照另一套计划行事，在八月二十日、二十一日两天去深圳，把一些东西寄到你家中。也许其中会有一些东西让你转交李霞她们，还有一些衣料是我自己的，我想放在你家中或送去向阳路，反正这些由你自己决定。要是不被录用，那么，我将会按原计划行事，秋季回沪一次，与你们好好聚一聚。但是，我考虑如果不能回来的话，沪生二姐电视机一事可能要你代办。我想把二姐写给我的信及电报的影印件寄给你，并附上我给二姐及她父母的信，我会告诉你如何去办妥这件事的。因为这电视机的钱是我借来的，我一直挂在心头很不舒服。不知你是否能够代劳？

　　暂时请别给我来信，地址尚未明确（着落）。

　　柜台上不便多写，有空再聊。

　　祝　好运！

姐

1984 年 7 月 29 日

南方来信

44

青妹：

三十日来信收悉。

三十日及三十一日两天，我家全搬到了中环，三十一日晚上搬到深夜三点，因为白天的马宝道及中环的皇后大道中都不允许停车。所以，一切只能在晚上进行。噢！我先告诉你一个通信地址。来信请寄"香港皇后大道中××号中央大厦××号楼C座"就可。我现在住在那里，住房比以前舒服了些，但上班不太方便，路上一个小时，早晨唯有早点起床。不过，早起床也要到早晨九点钟，因为我习惯了晚上过十二点才睡，所以早晨特别想睡，再早起可要我的命了。

青妹，上次提的那件事我考虑了很多，最终还是下不了决心，因为我可能接受与他同居这样的事

161

实，但我决不会给他生下一双儿女。因为我根本就没打算跟他一辈子，或被他的孩子拖累我的前途与事业，甚至幸福。另外，如果我自己可以闯出一条路的话，我还会放弃跟他的计划，我会一心一意搞事业。但如果现在正在走的那条路不通的话，那么，我会暂时跟他，因为与他在一起可以学到太多的东西，"免费教授知识"有什么不好呢？再说，虽然他年纪大了，但我们还是谈得十分投机的，并不会像你想象的那样合不来。他喜欢书法、音乐、文学、摄影，而且还是这方面的高手，所以，爱好上的一致把我们本来应该有的隔阂填平了。说实话，如果他比现在年龄小二十岁，又没有妻子儿女的话，那么，我会考虑跟他一辈子。但眼前的事实令人彷徨。（就）他的本身条件（而言），（除年龄、已婚之外）应该是我理想中的人选，但由于另外两个原因，我实在举棋不定。我希望一切让我慢慢地决定，因为处于这种阶段，拿主意、做决定都会是下策。好像我

南方来信

与沪生，凭着一时的冲动与年幼无知，给今天带来了多少烦恼与苦痛，害己又害人。我实在不愿意再发生一件类似的事，因为我毕竟已经长大与成熟了。

沪生来信说，你得知我有可能不回沪，很失望。其实，我现在也不知道。如果六日考试成功的话，那么，我会晚一点回来。如果失败，我还是会按计划回来的。青妹，我相信，你一定听过这样一句话，"机不可失，时不再来"。既然我有运气遇到一份理想的工作，那么，对于我来说，我决不会放弃的。"人往高处走，水往低处流。"虽然我现在的工作还可以，但没有发展前途，所以，我力求争取新的出路。我已经二十二岁了，如果再不找到一条出路的话，那么，唯有嫁人了。但我实际上又不想那么早结婚，我怕婚姻的束缚。唉！很多事实在令我烦恼。社会的现实与我本来的一些观点冲突很多。有时，我不免对现实屈服，有时，以前的那种理想与抱负又重现在我脑海，我又想干一番事业。唉！一切还是现实点好，空想、幻想虽然美丽，但毕竟是一场空……

噢！你把我的通信地址转告李霞、金凯、钟建国。

近来上海有何新闻，天气如何？同学们、朋友们都好吗？我很挂念。

再过一个星期就可以取得回港证了。本月二十日之后就可回乡了，我多想回来看看你们呀，可是……

祝　好运！

姐

1984 年 8 月 4 日

（我给你买了一套新潮的套裙，蟹青色的，不知那种式样你敢不敢穿出去？）

青妹：

两天前刚给你发了一封信，没想到又能收到你的来信。真高兴。

青妹，你是不是很盼望我能回来一次呀？告诉你，九月份，我是一定会回来的。到今天为止，我的请假申请依然搁在人事部，但九月份的连休已经没问题了，我估计假期也一样不会有什么问题。只是我的回乡证要到下个月初才能拿，而中国旅行社买火车票一定要凭本人回乡证才行。所以，车票至今还没着落，其他的估计没什么问题了，你就耐心地等着吧！再过一个月，我们就能见面了，高兴吗？

钟建国一拿到地址就给我来了信，从信中反映不出你讲的这些问题，他对我好像还像以前一样。说实话，如果我自己将来有一天有了事业，有了钱，

1984

我是不会忘记他的。如果他没有工作，我更会想办法搞他出来。他实在是个好人。或许有件事我一直瞒着你，我一直认为钟建国比金凯好。为什么呢？从我与沪生的那件事中就可以看出（陈欢也对我讲过一些金凯的为人）。其实，我与沪生那件事发生的时候，我与金凯之间连同学关系也几乎到了保不住的地步。还在很早很早，大约一九八二年春节之后，我与金凯之间的关系已经淡到不能再淡的地步。而在八一年高考结束，金凯去税务局后，我与钟建国之间的感情明显增长，直到我与沪生的事发生，我与钟建国依然非常之好。钟建国其实也知道我心里很喜欢他的，到底是何原因选择了沪生，他至今不会明白，但他在知道我与沪生一事后没有半句指责我的话。其实他是有权力讲我的，因为我不止一次不很明白地表示过自己对他的感情。他当初可能从未走入过情场，所以，他是很小心的。在我与沪生感情不断发展的时候，他终于开始支持不住了，接受了一个自己并不喜欢的姑娘的爱。这件事你应该知道，那晚我还带他来找过你，我们还在肇嘉浜路的花园讲了一会儿。还记得这件事吗？青妹，说实话，这件事，我心里一直很内疚，我是很对不起他的。虽然事情已经过去了，但我看见他落到今天这种地步，我能不关心吗？这次回来，我一定找他好好谈谈。相信他会听我话的，这事你就放心好了。噢！对了，此事千万不能被金凯知道，否则，他一定会恨死钟建国的。

关于金凯的事，我已决定了，等我回来，我找他面谈。我与他最多是好朋友，因为他太好胜，我也好胜，如果两个人结合，且不讲合不来有多矛盾，就是各自的事业也会受到影响。他不该找一个像我这样的人，我也不该找一个像他这样的人。如果我在港闯不出一条路的话，我自己没事业，那么，我会早点收山，找个好丈夫，做个贤妻良母。如果我在港有了事业，我一定会以事业为重，家庭为次，我会选择一个像钟建国那样能理家务、会管孩子的人帮我。你说我这样想对吗？至于金凯，我不讲他本身的为人，他对我至少是真心的，那么，沪生不是一样吗？难道沪生不胜过他吗？我与沪生之间的感情，金凯又怎能比呢？尽管沪生身体不好，但他在我心中的位置实在没有人能代替，也永远没人能代替。虽然我知道我不会与他走到一起，但我永远不会忘情。唯有那一次，我是献出真感情的，也尝到了爱情的滋味。纯真的爱只有一次，有的人一次都没有，我得到了，我觉得自己是幸运的。虽然这不是喜剧收场，但这段情是刻骨铭心的，如果你试过的话，你也会像我这样永远记着他。

青妹，你说与他失去了联系，那么你知道不知道他在什么厂工作，叫什么名字？你能肯定自己真的喜欢他吗？青妹，告诉我，你与他是怎么认识的，你们怎么会相爱？等我回来，我帮你找回来怎么样？

好了，太晚了，不能再写。

祝　心想事成！

姐
1984 年 8 月 30 日

1984

46

青妹：

　　告诉你一个不幸的消息，九月二十八日我不能回沪了。因为公司目前正在进行改革，老板也移民去了加拿大，新来的人事部主任本来已口头应承我，放我十五天假的，谁知九月一日去人事部办手续，另一个职员一口拒绝，一切变得无法挽救。本来我在一怒之下想提出辞职，但冷静下来一想，一出一进，我会损失六千多港币，这已足够担保三个同学来港玩七天了。我觉得不合算，所以，突然决定取消十月之行，望你见谅！虽然这一次我是失言了，但我保证明年补偿损失。我已有了新的计划，明年春天回来，大约五月份，回来小住两三个月，可能的话再住长一些。我已决定明年辞职，不在那家公司任职，另找一份离家较近的公司做。所以，这不会影响我

南方来信

的五月之行。青妹，耐心地再等待几个月吧！一年都这么快过来了，几个月算什么呢？你说呢？

　　噢！沪生可能会给你送来六百元人民币，你拿到后抽空去次襄阳路，把钱亲自交给阿爹，这是沪生二姐还的电视机费用。但阿爹问起，你就讲你不清楚，你是收到我信后去我一个同学家拿来的，别的就不要再讲了。

　　今天休假，我又是一个人去上环商场购物，结果给小霞母亲买了件长袖 T 恤（十元港币），给你买了件短袖 T 恤，给沪生买了件 T 恤，给小霞买了件深蓝与白色配搭很别致的衬衫。现在我这里新衣服及旧衣服已多到快放不下了，如果可能，我想去次深圳，把这些东西先寄一部分回去，免得明年我背都背不动。噢！对了，九月一日上午，我还以为十月之行能成行，所以，我给你及小霞分别买了一瓶洗头水（大号）、一瓶护发素（大号），还给你买了喷头发的"胶水"，还有两套电发水。另外还

1984

有冬天用的油性润肤膏及落妆用的平衡皮肤水分、油脂的冷霜，还有一支Baby油（平时润肤的，可在春、秋及夏季用）。唉！真是的，已经买了这么多东西了，突然说不能回来，真是扫兴！但看在钱的分上只能暂时忍一忍了。青妹，你会不会怪我呢？（上次来过一封信，不知收到没有？）

　　已快一点了，不能多写了。

　　祝　好运！

姐

1984 年 9 月 4 日

47

青妹：

　　昨晚回家收到两封信，一封是你的，一封是沪生的。读了你的信，我有一种失望感，因为我已不能实现"十月之行"了。再拆开沪生的信，他更令我失望，也令我伤心。一种说不出的隔阂把感情冲淡了，他再也不能理解我了，而我也很难再理解他了，以往的爱恋全被分歧冲走了。我感到异常苦闷和孤独，我想哭，但没有了眼泪，我只感到了一种难以言喻的压抑，令我透不过气来。爱情真是有苦，也有甜，苦也许是多于甜的。我现在觉得一切都是那么虚幻，我仿似在空中……

　　今天早晨，我刚到公司上班，同事就说有我的电话。我拿起电话一听是个陌生的声音，她自称是江沪生的阿姨，她要了我新居的电话后没讲什么就

173

1984

收了线。我事后才感到事情不对劲，但一切已无法挽回。我知道他们葫芦里卖的什么药。现在工作已占了我很长的时间，休假时又因近来心情不好推了不少约会，晚一些，几个人的约会集中在一起，我必会忙得不可开交，但偏偏又出了这种事。刘制片那里，我也没空去。唉！算了，有时间就去，无时间也只能算了。青妹，我现在才体会到，爱情也许对我来讲，不再占有那么重要的位置了，我盼望将来有一天在事业上有所成就，那么，我就会感到不枉此生也！

十月份我不能回来，这也许是上帝的安排，也许当初我就不该去追这段不属于我的爱。唉！事到如今一切都无法挽回了。希望我们能心平气和地分手，不要闹出什么不愉快的事。算了，不提这些令人伤心的事了。

噢！上次提到托沪生买药一事，你不要叫他买了，你代我买就行了，我给你寄钱来。

还有，沪生已不再管电视机费用一事，过几天我会写信告诉你如何去办，你就做我的全权代表，我相信你能帮我办妥的。但有一点我要告诉你，沪生二姐不是好人，口上一套讲得好听，其实非也。她也是个外面乱混之人，你要小心为好。

　　好了，暂且写到这里了。

姐

1984 年 9 月 7 日下午

175

毛毛：

　　你给我寄的圣诞卡和写的信都早已接到了！现在我托你的好友，也是你的姐姐双玉转寄给你。

　　真恭喜你，你有这么好的一位姐！她曾给我写了一封信，把你们之间的友谊等都告诉了我，我也很高兴有这样一位女青年做我的侄女！

　　你要我为你的工作想想办法，我已跟双玉谈过，希望她告诉你。目前我希望你忍耐、等待，特别是祈祷！跟你母亲相处，我想，最好的方法就是认识她的脾气，按照她的意思生活，这正是训练你自己学习与人相处的能力。与人相处，如果能忍耐，肯让人，又有牺牲、服务，那就可以畅行天下，毛毛，请三思！

南方来信

人都愿意他人随从自己的意思，你跟你母亲的吵闹，就是这个道理。但不要忘记，你是人家的女儿，必须实行孝道，再会！愿天主降福你！

你的大伯伯

1984 年 10 月 12 日

48

青妹：

第一天上班回来就收到你的来信，今天一早我原本打算去寄你的信的，但是昨晚……赶着去上班都来不及，工作时间又不能外出……真是像坐牢一般，一天十一小时站在柜台。

沪生讲我处境艰难，但可能我有点夸张，所以，他这再修饰一下便更可怕了，开个玩笑别当真呀！

噢！下次来信，我希望你能告诉我，我要你讲实话，真心话，千万不能有半点虚假。我想知道，我走了的这半年来，钟建国、金凯、小陈，他们几个谁对你最关心，谁对你最好，这种关心与爱护是否是无条件的。还有，钟建国、金凯对我的关心是否也同样是无条件的，是发自内心的对一个旧友的关心。

南方来信

好了，时间已十一点了，下次再聊。

寄上四张照片转交钟建国。

姐

1984 年 12 月 13 日

179

1985

青妹：

二月四日来信收悉。

首先，我想告诉你，最近，我已给金凯写过两封信了，相信他不会再来你处问我的消息。

信中提到要我描绘一下查理斯的外形。唉！怎么说呢？也许你不敢想象，他的外形是那么普通，用上海人的眼光来看，他是太过胖了，身高大约与钟建国差不多，走出去我们是不登对的。至于他的工作，我考虑过，一切顺其自然，我并没有想过嫁给他，无论是现在还是将来。今天我喜欢他，我就"不顾一切"地去爱，他日感情消失，我也不会去追，我信缘分。如果有缘分，早晚会成眷属，你说是吗？一切不要考虑得太长远，就好像我与沪生，当时，我不是死心塌地地认为一定会嫁他的吗？如今呢？

1985

所以，对于感情这回事，我不再像以前那么主动，一切由命运安排。

至于小林，我认为，如果你真的爱他，就原谅他吧！也许是你年龄小的关系，情到浓时亲热一点也无所谓，只要双方控制得好，不要做出见不得人的事，其实也没什么。其实，当年，我与沪生做得很是过分，几乎天天去他大姐住处幽会，一去就是半天。当时天气又热，几乎只穿一条内裤，有时更是一丝不挂，搂搂抱抱，有时也会有些性行为，只是绝对不做性交，因为除了性交会导致有孕外，其他的性行为是不会出事的。有时，恋人之间的感情发展也要靠肉体的接近。夫妻生活是否美满，性生活也是极重要的一部分。在香港及外国流行试婚（同居），这就是所谓相处难，因为感情好而不能相处的情况是很多的，恋爱与结婚简直相差得太远了。这些，我想我不必多讲，你以后自然会明白。

南方来信

随信寄上耳环两对，请查收。

姐

1985 年 2 月 7 日晚

50

青妹：

新年好！

寄来的一份报纸已收到。

从昨天年初一到今天，我已写了四封长信，这是第五封。金凯一直说我没信给他，这次我写了九张信纸，希望能给他带来惊喜。沪生那里也有一个星期没去信了，趁过年四天假期，我尽量多写几封。

上次接你信后，我便发出两封信，附上三副耳环，不知有没有收到？我很是担心会遗失。寄上的一副金色的耳环最贵，是日本制的，适合舞会之类隆重的场合。红色的那对适合你穿上新潮的时装，平时去逛街、访友时戴。还有一对白色的很轻，平时上班戴很舒服。但这三对耳环全是假饰物，长期戴会引起发炎。我想等我四月份回沪，送一对 14K 的耳

南方来信

环给你。除了要配合新潮时装戴假的外，平时还是戴真的，我现在也是这样，很少戴假的，因为我怕发炎。

噢！对了，沪生来信讲要我四月份就回沪，因为他加班得到的调假一定要在四月底用完。我曾听你讲他加班很辛苦，才得到几天调休，为的是我回沪。如果我不回来实在过意不去。所以，我决定四月下旬回沪，公司可给我十天的大假。四月二十一日就可起程离港（如果能买到车票的话）。我想，这样也好，金凯是四月三十日生日，我可借他生日之际，叫一些朋友回家一聚。阿爹三月份也回国了，上海除二伯之外，没有其他人，我们可以尽情地玩。要是我能在四月二十三日之前到达的话，我可以收拾、整理一下房间，让我在沪逗留的几个月里住得舒服一点。暂时不提这些了，等回来后再说。我现在正在等沪生的消息，如果他调休问题解决的话，我便准备写辞职信了。我买好车票后，就写信告诉你回沪日期。我相信，不用两个月，我们就可以见面了，高兴吗？

　　写了五封信了，我实在很累，有空再聊。

　　祝

新年快乐！

代我向爸爸、妈妈问好！

　　　　　　　　　　　　　　　　　　　　　姐

　　　　　　　　　　　　　　　1985 年 2 月 21 日

把心交付未来吧

假如生活欺骗了你,
不要悲伤,不要心急;
阴郁的日子须要镇静。
相信吧!那愉快的日子即将来临。

心永远向往着未来,
现在却常是阴郁:
一切都是瞬息,一切都将过去,
而那过去了的,就会变成亲
切的怀恋。
相信吧!那愉快的日子即将
来临

摘自《普希金诗选》

漠书持近以个星期了。回顾第一个星期，学习还能庇居盼。第二个星期不觉就乱了，都想问又怕问。急今拖到现在快沙星期。这以集个星期天，我关於盼望星期天到来，早没以有允余时间复习功课。可星期天一到，又烦躁。早上书凝满桌子，样子妈家挺闹为。看连一个盈式都有不进，找到顺手拿化杆品玩起来，一晚就没底。想到下事逆去逆处，还得打捞一下，于是卷卷大发，一转眼18岁该吃午饭。吃完饭就去淮海路，又见她妈多大发么独有人逆那么该回来。明明来不想回去，玩了又玩，直到晚上才回家。功课没御没有复习，题也没有做。玩得太累就睡觉，一天适夫，糊头下悔。到昔没有充世纲，又虚起了时间。不懂题越积越多，心里急得象火烧，可是没有行动。真该死。答斗三个月，可连一个月都坚持不住。我比沙月想，真难过。我的前途生哪里，我想坚持可遇到困难就坚持不住。这样下去该怎么办，看见课学头即痛咦！现在赶来得及要努力要坚持，就看我如何呼

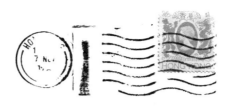

很 我就吃了。也开始减重。吃了药回来。好～也去从公司
回来。于是我又去小贩市场买自己的东西。因此晚饭～工作
市～衣针线。有时候又工作到深夜。故这段时间我是不会
这了。化时都做些有趣眼跟。而且有工资三寸。因此我现在尝
这样～是跟我眼鞋。那很好。这一不度又度表表我说了。我
来冲一～极自己满意～鞋鞋。今世这种鞋在港很流行。他
表～海即～但有人穿的。因为这是别书用世美。做工很为
简单。我来不想知道这怎么样。滑看此图 ① 字⊘时
候。无论～工很绝御衣郁～说有。信一定会觉得这一是
都～美。今天时～工买～字珍视。这便～料～较普通。家
泡～何加工。群工跟我给你～。那字拱～很相似。长度不
计胜益。由于晚在年青～中流行～神视。故又价是二十二
元。尽管这～值这么行。但文章～有我冲？

        婚姻。我到港一百多日。化外形已有不电是从上海来

唯一能够帮助她的只有我了。我想，如果我忘记我的眼前，我的心会不安的。他曾经是一位……爱情，此后的是爱情第一，爱情至上……。可是，我现在把本几战给他读书。不过这几年以后，她是……

十年来……唯一的办法使是有……图……他读完书，此后此后，……又失去了……他……加入这……她……是……把心加入……以至将来……此后……温暖……他再爱我，……斗……不是……哈！哈！不是，为爱情。我想再去冒险，我已经像她……一切忘想……此想，为爱而献出一切的人应该是高尚。此……

娟
85. 11. 5.

51

青妹：

　　刚刚给沪生写完一封信，又继续给你写信。这次去信是想告诉你，我的回沪日期今已定在四月二十日那天，由于有许多事要办，而交予别人又不放心，所以，我选了星期六，你的厂休日。这样，你可帮我去完成我想要办的事。

189

　　首先，我要告诉你，阿爹现在已回港，二伯伯因发病被派出所送进了医院住，上海的房子暂时由阿爹的朋友看管。在我四月二十日回沪前的一个星期，你用休假日去一次襄阳路，告诉他们，我将在四月二十日回沪。四月二十日这天上午，你就与几个朋友一起在襄阳路为我准备，希望他们白天及晚上都有人在，以方便有朋友去。另外，四月二十日这天，上午或中午之后，你去钟建国那里，陪他去菜市买点菜（或者叫沪生作个参谋，他比较了解我爱吃什么）。然后让他做大师傅烧一顿晚饭，菜只求简单即可，不必买肉鱼之类，以蔬菜为主，因为这里吃肉吃得太多了，吃不到新鲜的蔬菜。当然，肉类的菜也要买一只的，否则，大家跟我做尼姑就不好了，反正，你看着办，三四只菜即可。大约在下午四点半，你就要与沪生出发来机场接我，让钟建国、李霞、李霞的姐姐留在襄阳路准备晚餐。噢！对了，如果你去襄阳路找不到人的话，可把这事托给李霞或她姐姐。另外，我二十日回沪一事还得严加保密，除了你、沪生、李霞、李霞姐姐、钟建国之外，我不会让其他朋友知道我二十日回沪。因为坐飞机回来可能会有反应，这天除了跟你们聊聊天之外，想必洗个澡，就会早点休息。一天的旅途会令人感到疲劳，我不可能一下子接待许多朋友。除了你们几个好友外，我暂时不想见人，我想休息一下，再找他们也不迟。本来，我打算在二十日晚去外面洗澡的，沪生说他装了个电热器可让我在家中洗澡。我想，这样更好，人很辛苦，外面去也提不起精神，倒不如让他这位"发明家"来展示一下他的杰作。

青妹，上一次提及与家父、家母不和，现在情况如何？人大了，成熟了，不该发小孩子脾气。父母总是好心，他们怕自己子女受骗上当。但现在已非过去，是八十年代了！不过，你该忍耐，一切慢慢会过去的，听话，我的好妹妹！不要在家中发脾气，好吗？

青妹，我这次回来，你还想要些什么？夏装、凉鞋，你都有，因为去年已给你准备了几套夏装。另外，有一条兔毛连衣裙，是我穿过一个冬天的，很长，我不适合，送给你不错。有皮带、袜裤配套，还有一些其他的衣物也要给你。我回沪后穿过的毛衣也不会带回港了，全部给你穿，还有两件外套（单的）回沪穿过后也全部给你，厚绒 T 恤等全部会成为你的"财产"，我实在想不出你还需要些什么。噢！

1985

对了，这次还有一套"维他命"的护肤品系列四支包装的送给你，有落妆奶、紧肤水、日霜及晚霜。

好，太晚了，不能再写。搁笔。

姐

1985 年 3 月 17 日凌晨

52

青妹：

　　收到钟建国的来信，听说你没有心情好好上班，失了魂，这都是因为我要回沪的关系。青妹，今天来信，我有个不好的消息告诉你，我的回沪日期将延迟十天，即四月三十日才能回沪。原因有几个，最主要的是家里刚刚买了一层楼，四月中旬或下旬会装修，四月底才住进去，而家中人不多，我必须在港才行。如果我四月中旬回去的话，住一个星期再回来倒不如不要回去的好。我不如延迟到四月底最后一天回来，住上一两个月，大家好好聊聊的好，你说呢？另一个原因，在家母买了楼三天后，公司在我交辞职信的时候劝我留下，因为我是熟手，有经验，公司不够人手，叫我回心转意。但被我拒绝了，因为我这次一定要回沪探望你的，后来部长及几个好朋友都来劝过我，我依然不改变主意。但部长说想叫我帮帮她，下个月有几个人都要走，她应付不过来。由于平时大家关系不错，我不能不答应。所以，我同意用大假来加班，九天大假依然上班，让公司在八月底多给我九天的工资，我做到四月底便走。现在我拿了三十日这最后一天（的票），如果一切顺利，我会在三十日飞回来的。青妹，我有个要求，你千万不能因为我回沪的关系而影响工作。虽然重逢是令人高兴的事，但工作不用心、不小心的话，万一有什么事反而不开心，你说对吗？

有关回沪计划，我有一点点小的变动。四月三十日晚，我想和几个好朋友好好聊聊（如果我坐飞机没反应的话），通宵也可以，你早点告诉父母在我这里住，免得到时不放心。另外，四月三十日是金凯的生日，我到了上海不见他似乎不太好，不如我到了上海后的当晚叫他一起过来玩通宵。不过，我事先不告诉他，免得他到时像你一样不专心工作，叫他大吃一惊更好，你看呢？

晚了，不多写，搁笔。

姐

1985 年 3 月 30 日凌晨

倪青：

　　已有多日不见，不知近来工作是否顺心。前些时候，听李霞说起过你，原想抽空来你家，顺便将你需要的《新概念英语》录音带给你。然而，我终于没能有这机会。

　　据我所知，今后几年有很多较理想的单位需要工作人员，但对外语水平都有一定的要求。如你从现在开始学点外语，以后想找一个较满意的工作不是没希望的，如你愿意学习的话，我可以助你一臂之力。另外，如有可能，你将来去香港或是出国，英语都是非常需要的，近来有较多的人通过关系去了香港，你还年轻，可以托双玉想想办法。

　　这星期，除星期六之外我都在家，如有空，能

南方来信

否来我这里，我把磁带给你。

　　顺道

沪生

1985 年 11 月 27 日

假如生活欺骗了你，

不要悲伤，不要心急！

阴郁的日子须要镇静，

相信吧！那愉快的日子即将来临。

心永远憧憬着未来，

现在却常是阴沉；

一切都是瞬息，一切都会过去。

而那过去了的，就会变成亲切的怀念。

——摘自《普希金诗选》

南方来信

读书将近几个星期了，回顾第一个星期，功课还能完成，第二个星期不懂的就来了，我想问，又怕问。拖到现在快三个星期，又是个星期天。我只盼望星期天到来，可以有充裕时间复习功课。可星期天一到，又贪玩，早上书摊满桌子，样子好像挺用功，却连一个公式都看不进，反倒顺手拿化妆品玩起来，一玩就没底。想到下午要去烫发，还得打扮一下，于是卷卷头发，一转眼十二点该吃午饭了，吃完饭就去淮海路。只见店里已经有人烫，那么该回来了。可刚来又不想回去，玩了又玩，直到晚上才回家，功课一点都没有复习，题目没有做。玩得太累就睡觉，一天拖一天，醒来后悔。可惜没有后悔药的，又浪费了时间。不懂的题越积越多，心里

1985

急得像火烧，可是没有行动真该死。奋斗三个月，可连一个月都坚持不住，可见三个月想想真害怕。我的前途在哪里，我多么想坚持，可遇到困难又坚持不住，这样下去该怎么办，看见数学头又痛！现在还来得及，要努力、要坚持，就看我如何对待。写下这篇又不算日记、又不算周记的东西，看一看自己，自勉自励。时间如此紧，简直喘不过气，但还要挣扎。三个月，忘记一切烦恼重新开始，努力吧。

倪青

青：

你好！

得知你去香港的旅游已获批准，真为你高兴，你可要好好利用这个机会。

王珍那里我昨天去了，和她谈下来，住宿能在她那儿，工作等时机。看来她人挺好，较老实，她目前在深大办的房地产公司做事，较在洗衣坊轻松多了，我准备在三月十四或十五日搬去她处，随时有工作就临时先做，你意下如何？

所以你若来深圳有自由活动，可坐中巴来深圳大学，我和王珍在一处，她处电话不好打。

你是否知道，深圳你将住什么宾馆？来信告知。你单位里要把关系转出，否则以后事更难办，明白吗？上次同我提起过那位男青年，现在进展如何？

1985

希望我俩能在深圳见面详谈。

祝路途愉快，一路顺风！

方灵

1986 年 4 月 12 日

跋　移情别恋的故事

1980 年前后，太阳依旧照耀，月亮照样圆缺，生活世界却正覆地翻天。关闭整整十多年的大学之门打开了，数十万年轻学子从祖国四面八方走进了心中的殿堂；上千万知识青年以各种途径回到城市，城市第一次面临着如此巨大的就业压力；改革的闸门刚刚松动，改革大潮就轰然涌起，"十亿人民十亿商，还有一亿待开张"……

开放是渐进的。1980 年，电影《庐山恋》的"庐山之吻"让无数少男少女怦然心动。1983 年，中华人民共和国成立后第一部香港电视剧《霍元甲》引入内地播放，竟然万人空巷！那个年代，香港几乎成为许多人梦中向往的地方，但去香港却是难上加难。

上海姑娘倪双玉是众人眼里的幸运儿。她的父母、伯伯都在香港工作，1983 年初秋，她刚刚高中毕业，就乘上了去香港的火车……

孤独的少女

　　1983 年 8 月 16 日上午，汽笛长鸣，火车徐徐驶出上海火车站。目送着站台上欢送的家人、亲戚、朋友渐渐远去，直到完全看不见了，倪双玉才回转身来，坐在下铺的座位上。此刻，她仍云里雾里，晕晕乎乎，就像刚刚拿到赴香港签证的那一刻，她脑子里一片空白，却热血翻腾、心乱如麻，莫名其妙地眼角上挂着几滴晶莹的泪珠。

　　再见啦，上海！她默默地想着，带着点儿留恋。突然，几个月前海誓山盟的同班同学江沪生浮现在眼前，让她一阵心酸。香港，香港！她即将到达的地方，似乎带着财富的光环，但此刻仍只是朦朦胧胧的憧憬。

　　绿皮火车开得很慢，一路震荡。在火车轰隆隆的声音中，她最放心不下的是心仪的男友沪生，拿出信纸、笔，给沪生写信。第二天早上，火车到达广州，她到广州流花宾馆登记住宿，找着一个绿色邮筒，寄出了给沪生的第一封信。

　　到达香港以后，倪双玉与父母住在一起。稍稍整理行李，短暂休息，上街熟悉环境。终于消除了路途疲惫，她又拿起笔写信。8月26日，她分别给男友沪生、堂妹倪青写了一封信；8月31日，她又给沪生写了一封信，还寄去了八月份的《中外影画》。

在上海的时候，曾经有人向她介绍香港的"花花世界"。到了香港，她发现真实的香港远比人们口中的更绚丽多彩、令人着迷。她流连于琳琅满目的商品世界，无数商品闻所未闻、见所未见，一次次勾起她购物的欲望。她行走在维多利亚港的大道上，美不胜收的海景、鳞次栉比的现代化大楼，一次次吸引她停下脚步、举头眺望。香港啊，富得流油，但手摸着干瘪的口袋，她失望了；香港，现代文明之地，但不时投来的鄙视目光，却深深刺伤了她的心。走在熙熙攘攘的人群中，莫名的孤独感涌上她的心头。

她身在"花花绿绿"的香港，心里却想着朴实无华的上海。她无时无刻不在思念故乡的一切，无时无刻不在遐想上海的日子，试图以此消解孤独感引发的焦虑与不安。多少天里，她每天不由自主地跑到四楼的信箱去看，急切向往收到上海的来信。她嘴里念念有词，期望着时钟转得快一些，日子过

205

得快一些，"一年的时间能短一些，我能早一些回到生活了二十年的故土，见到日夜思念的郎君"。（1983年9月2日）为了有能力早日回上海，她到香港不久就准备去大伯伯的公司工作。她算了一下，每月工资一千到一千二百元，除去上班交通费六十元，弟弟和她自己的生活费，以及晚上的补习费以外，每月可以积五百元。这样，一年可以有六千元。有了这笔钱，足够回上海了。

　　1983年10月18日，倪双玉迎来了20岁生日，迎来了与江沪生正式建立恋爱关系一周年的日子。如果在上海，这一天一定热闹非凡、快乐无比，但她现在"单枪匹马一个人在香港，冷冷清清，寂寞无比"，唯一可以做的是拿起笔来给上海的亲人和朋友写信。

　　生日的第二天，她又写了一封长信给妹妹，信中写道：

　　　　到港快两个月了，随着时间的推移，我的思乡之情越来越深，越来越浓了。开始一个月我还能承受这份分离的苦痛，现在我自感越来越承受不了了。我真想立刻从这里飞到上海，投入他的怀抱。也许是因为彼此爱得太深了，故双方都很难忍受这分离的滋味。我真害怕，他会在我回沪之前离开。如果是那样，我们这对如此相爱的情人不知要隔海相望多少年。到那时，我会恨太平洋的波涛把我们隔开，会恨苍天不长眼睛。但愿老天爷能帮忙，让我在他离沪之前再见他一面，让我们在相爱两周年的夜晚，重踏那条永远难忘的小路。

孤独感缠绕着她，让她总是出现错觉，似乎"很久很久没有收到"上海的信了。因为那时，她只要一天收不到信就会感到失望，她感到时间过得太慢了，"只觉得度日如年"。她写道：

　　青妹，最近一段时间不知为何，总是有一种孤独感，我一个人走在街上的时候就会这样想：要是青妹和沪生能在我身边该有多美。现在我没有一个可以说得上有友情的朋友，虽然在公司里结识了一个又一个，可我在他们那里永远得不到那种快乐。所以，我的思乡之情与日俱增。我总盼着能早日回沪，总盼着等那么一天，我们又可以像过去的两年那样生活在一起。可是，这一天又何时才能到来？尽管我在为这一天搏命，但这一天还是那么遥远，没有日期……（1983年11月8日）

屋漏偏逢连夜雨。

倪双玉到香港以后，身处陌生环境中，加上语言、打扮等差异，孤独感形影不离。

本来，父母在身边，多少能给她一些安慰与慰藉，不料父母老想着给她"安排去嫁人，去用青春与美貌换来金钱与地位"。1984年春节前夕，她终于忍耐不了了，与父亲大吵了一场。在过了"二十年来最不愉快的一个节日"以后，她决心"自立"，"一个人去租房住，不再受他们的气"。她在信中写道："我觉得只有经过自己的艰苦劳动换来的幸福才是真正的幸福，我不愿意这样平平坦坦地度过自己的一生。"（1984年2月5日）

本来，她努力工作，积极赚钱，计划1984年10月回上海，与男朋友、亲戚朋友团聚，但由于种种原因，她无法实现"十月之行"。天天期待着的缓解孤独之旅难以成行，令她备感沮丧。

本来，在孤独中，沪生是心中的解药；只要想想那些恩爱的时光，想想那些难忘的场景，她会顿觉释然而轻松。但是，那一天，拆开沪生的信了，沪生却让她失望、令她伤心，她写道：

> 一种说不出的隔阂把感情冲淡了，他再也不能理解我了，而我也很难再理解他了，以往的爱恋全被分歧冲走了。我感到异常苦闷和孤独，我想哭，但没有了眼泪，我只感到了一种难以言喻的压抑，令我透不过气来。爱情真是有苦，也有甜，苦也许是多于甜的。我现在觉得一切都是那么虚幻，我仿似在空中……（1984年9月7日）

209

亲爱的沪生

情感发生在当下，是自我切身体验着的意识。但当下只是情感的"触发点"，所谓"触景生情"。任何时候，个人心中情感的涌动自然会"卷进"生命史中的"动人场面"，并以神奇的方式"改造"自我对这个世界的认知与理解。因此，情感史也就是个人生命史，尤其是个人关系史的重要部分，对情感的解读必须是历史的。

倪双玉来到香港，当孤独感涌上心头的时候，上海的亲情、友情、爱情也都被卷入到情感的潮流之中，其中的爱情刻骨铭心。1985年2月7日，她到香港已经一年半了，她与男朋友沪生已经"分手"，但她对于上海那段"爱的经历"仍历历在目，读着也让人动情。

　　当年，我与沪生做得很是过分，几乎天天去他大姐住处幽会，一去就是半天。当时天气又热，几乎只穿一条内裤，有时更是一丝不挂，搂搂抱抱，有时也会有些性行为，只是绝对不做性交，因为除了性交会导致有孕外，其他的性行为是不会出事的。有时，恋人之间的感情发展也要靠肉体的接近。夫妻生活是否美满，性生活也是极重要的一部分。

这是倪双玉亲自创造的她与沪生的浪漫之爱，她的爱情因肌肤接触、身体缠绵而铭肌镂骨。

这是1983年发生在上海两个年轻人之间的真实

性爱故事，它与当时"严打"中的"流氓罪"形成强烈的对比，让人从中看到一个实际存在着的平民百姓中的爱欲世界。倪双玉是这个爱欲世界中的勇敢实践者。

这是倪双玉珍藏在脑海深处的恋情，"在天愿作比翼鸟，在地愿为连理枝"，带着海誓山盟，她搭上了南下的列车……

恋情是最富有人类浪漫色彩的感情，从罗密欧朱丽叶到牛郎织女，数千年来，人们编织了无数动人心弦的纯洁爱情故事，让无数年轻人遐想翩翩，以身试水。"天若有情天亦老"，无数试水者的生命故事令人唏嘘。其实，像所有的感情一样，爱情也是生活世界中产生的一种人的感情，构成了生活世界的有机部分。爱情似乎只是男女两个人的故事，但每一个个体都是"社会关系的总和"，都是错综复杂的社会关系中的一个节点、川流不息的历史长河中的一个时刻，因此，热恋着的男女的"纯洁之爱"犹如"抓住自己的头发离开地球"一样不切实际。倪双玉到香港以后，时空的区隔使她的恋情受到了低俗的"物质生活"的挑战，陷进了因沟通不畅而相互误解、怀疑、不满的困境。

跋　移情别恋的故事

我们先看看倪双玉、江沪生两个人的恋情。在上海的时候，有一次，江沪生与倪双玉两姐妹在一起讲起爱情与事业，当时，江沪生说"工作事业胜过爱情"，倪双玉说："我爱情第一，我是爱情至上主义者。"高中学生的单纯、爱情至上的想象犹如给倪双玉戴上了一副粉色的眼镜，许多瑕疵和缺点都被过滤掉了，她的脑海里只留下浪漫的粉红色的图像。这就像俗话所说的"情人眼里出西施"。但仔细推敲可以发现，这句俗话特别强调了"情人相见"（眼里）的重要性，西施之曼妙多姿有待于"常见常新"。

　　南下的列车带着倪双玉来到香港，从此，一对热恋中的少年少女相隔千里。尽管几回梦里相见，尽管她提笔写信的时候脑海里会情不自禁浮现出一幕幕两人如胶似漆的画面，但是，两人面对面产生的感情与想象中"涌现"的感情仍存在着很大的差别，尤其是一对热恋中人，两人相见时的肌肤接触常给人"触电似的快感"，这是任何想象都难以达到的情感境界。进一步说，一对恋人相分离，时间是恋情的消融剂，无情的时间之水日夜流淌，让炽热的恋情慢慢降温，让西施也慢慢变得犹如常人。

倪双玉离开上海去香港，除了从此与沪生"天各一方"，更有她两个方面生存状态的变化冲击着与沪生的恋情。一方面，她与沪生一样，不再是"吃着父母饭"的无忧无虑的单纯的中学生。他们离开了学校，"走上了社会"，不得不工作赚钱，不得不面对复杂的社会和各种各样的人。另一方面，她离开了熟悉的上海，进入一个与"社会主义上海"不同的"资本主义香港"，进入一个陌生人社会。

　　倪双玉面临着严峻的挑战，这种挑战很快就影响了她与沪生的恋情。

　　她到达香港才半个多月，就接到了沪生的"坏消息"。沪生的祖母身体不好，需要人服侍，全家常常整夜不能安睡。沪生体质本来就较差，经不起一点儿折腾。但是，家庭的情况放在那里，沪生只能"硬撑着"。双玉着急，不知如何帮助沪生。她苦苦想了两夜，终于想出了一个主意。她写信告诉堂妹，从 10 月开始，让家里的阿姨每天到沪生家去帮忙，自己每月从香港给阿姨寄 20 到 25 元钱。她希望这样能"解决一些问题"。但是，她仍焦虑着，因为"不知沪生会不会同意"。她在信中写道："唉！我真恨死了。"

到 10 月下旬，倪双玉又为沪生的苦恼而苦恼。在她离开上海以前，沪生就已在准备赴美国留学，当时，在双玉的鼓励下，沪生信心满满。双玉走了以后，沪生就"很担心"托福考试成绩不好，达不到赴美留学的录取标准线。10 月初，美国方面提高了赴美的标准，又增加了 GRE 考试，难度大大超过托福。这个变化平添了沪生的烦恼。双玉想，原来沪生的大伯伯可以提供赴美留学的担保金，但是，如果沪生两三年里通不过入学考试，他的大伯伯还会出担保金吗？难！她在给堂妹的信中写道："在那种社会里的人，亲戚又有什么用呢？唯一能够帮助他的只有我了。……可是，我现在根本无钱给他读书，不要说几年以后，就是十年也不可能。……唯有另想办法。"（1983 年 11 月 5 日）

　　什么办法呢？进娱乐圈。她知道这是一个冒险的尝试，她信中写道："我还是很担心加入这个圈子会失去家庭的温暖，将来他读完书，有了地位和事业，不能再爱我，到那时我该怎么办，去当尼姑吗？哈！哈！不过，为了爱情，我想再去冒险。我已经做好了一切思想准备，我想，为了爱而献出一切的人应是高尚的，死无遗憾的。"（1983 年 11 月 5 日）

三天以后，她又在信中写道："我又开始寻找新的途径，想办法挣多一些钱。这个星期开始，我每星期二、六上两堂表演课程，但哪一天能被导演看上走上银幕，还是个未知数，但我相信，只要自己勤奋苦学，凭着上镜的外形，一定会有收获。为了摆脱目前的困境，为了我和沪生的将来，我一定要从这条荆棘途中走向光明。青妹，你相信姐姐在这方面会有所成就吗？"（1983 年 11 月 8 日）

双玉冒险，只为了沪生。为了怕沪生有疑虑，双玉一方面告诫所有人不要把相关消息告诉沪生，还专门备了一本笔记本记录与娱乐界相关的活动。但这一切都无济于事。江沪生知道了，明确表示反对。"娱乐圈事件"成为双玉与沪生出现矛盾、分歧的一件大事。1984 年 2 月 24 日，她在给堂妹的信中发牢骚写道：

> 我爱演戏，这不是什么心血来潮的事，也不是什么为了虚荣心，但他却这样想：我入这个圈是满足自己的虚荣心。他怕我见得多了之后弃他而去。青妹，如果你是我，你为了自己的爱人去奋斗，为未来的幸福生活奋斗，也为

自己的事业奋斗，他却不理解你，你的心里会是什么滋味？特别是说什么虚荣心，一个男性对于把心及一切都献给他的女性如此不放心，也信不过她，她的内心又会如何呢？青妹，老实说，我内心痛苦万分。如果以一个旁观者的身份及观点来分析我与他的将来，那么谁都会讲，我该忘掉那段情，离开他。但作为一个当局者，我真的无法忘记那段情，我希望那段感情有一个好的结局，但严酷的事实不能不使我陷入深深的痛苦中。不瞒你讲，每当我想起这事，我的心里不知是喜还是忧。有时，我还会这样想：要是当初我不去追他，而在金凯与钟建国中选择一个，那么，结局也许不会如此惨。唉！算了，不提他了，反正我们现在分居两地，一切就顺其自然地发展。

另一件大事不只是分歧，简直让双玉气愤。双玉到香港不久，就进了大伯伯的公司。开始情况还正常，一个月以后，大伯伯突然"变了个人似的"，走到她面前，总嬉皮笑脸、动手动脚。她警觉起来，经过了解，原来大伯伯患有更年期综合征，就偏爱玩女孩子，"在他公司做的女孩子必须卖身于他"。怎么办？卖身于他，可以获得经济上的好处，行吗？她想起与沪生之间罗曼蒂克的、近乎"疯狂"的爱，她希望坚守着这份纯洁的、真挚的感情，"不管走到哪里，天涯海角，在我俩的心中只有对方，谁都不会再爱上第二个，让第三者介入我们之间"。于是，双玉严词厉色顶撞了大伯伯，要大伯伯"搞搞清楚，我是他侄女，不是他情人"。（1983 年 12 月 5 日）终于，她与大伯伯反目成仇，1984 年年初，她离开了大伯伯的公司。

与大伯伯的斗争已经让双玉身心疲惫，令她难以想象的是，沪生知道此事以后，不但没有支持她，反而责怪她。沪生不赞成双玉"拒绝"大伯伯，觉得应该"顺从他，用手段弄到钱出国读书"。（1984 年 2 月 24 日）双玉问堂妹："青妹，如果你是我，你为了自己爱的人而洁身，而你深爱的人却一点也不理解，你会怎样想。"（1984 年 2 月 24 日）

有情的人被无情的生活折腾着，她的粉红色眼镜破裂了，沪生身上的缺陷慢慢清晰起来。

他总是满腹不满，连篇都是工作问题、事

业问题。我不知为何觉得他怎么会这样软弱，而且欠信心，所以经常写信去讲他，或许他为此也不太高兴。但我这个人有什么讲什么的，不会藏半句口中不讲的，我自己也没办法。不过，我现在好像习惯了，让他大发牢骚，我不出声，但我心中似乎又不安，好像这样会使我跟他生疏一样，唉！人真是怪物。（1984年2月5日）

　　最让倪双玉无法接受的是，沪生身体太差了。沪生原来就有气喘病，每年冬天都会"发一次"，连续咳嗽长达一个多月。前不久，他的心脏又出了问题。双玉"痛苦万分"，却"很难下决心嫁给他"。双玉在信中写道：

　　　　沪生是我尊敬和崇拜的，几年来一直如此，只是到港以后，由于见的世面多了，人也成熟了，我与他出现了不少分歧，我渐渐感到沪生不那么适合我，特别是在香港这样的社会里，他是个（让人）不够（有）安全感的男性。因为他毕竟体质太差，若真的嫁给他，幸福实在是渺茫的。这一切的一切，一直困扰着我。近三个月来，我在这个问题上考虑了很多很多，也为此深感苦闷。（1984年3月10日）

我在耐心等待上帝的安排，在等待一个身强力壮的"沪生"出现在我的生活里，也许，这是幻想，但我还是会耐心地等。青妹，原谅我，我已不能放弃香港的生活了，然而，沪生这样的身体又怎能来香港呢？（1984年4月12日）

爱情是男女两个人之间的心灵对话，是涌动在身体中的被体验着的意识。爱情既受制于男女双方的生存状态、社会关系与生活环境，又比其他各种感情更强烈地反作用于个体、自我，反作用于男女双方的关系以及广泛的人际关系。倪双玉与江沪生的爱情经历告诉我们，男女双方的生存环境越简单、单纯，爱情越少受到干扰，越容易保持较纯洁的浪漫之情。随着男女双方生存环境的日益复杂化，双方各自面临着不同的生存挑战，面临着变幻莫测的生活选择，爱之情感就会受到莫名的冲击。

这就是此时的倪双玉。

在倪双玉的心灵世界中，沪生已经不再是甜蜜的存在。想起沪生，她"自己也说不清楚是什么味道"，酸甜还是苦辣？1984年春，多少次，她提起笔来，呆呆看着窗外，鳞次栉比的高楼，蓝天上飘浮着的白云，笔端却落不下一个字。多少次，她说："我不知道为什么没有勇气再在信头上写'亲爱的'三个字。我很内疚。"（1984年5月15日）

酸甜苦辣的感情，时而让热血涌动，时而让心脏像兔子般"突突"直跳。倪双玉十分清楚，她与沪生的恋情在降温，在消解。这是一个波动着的感情之流。1984年4月24日，她在给青妹写信的时候，突然心血来潮，写下了这样一段文字：

我情绪变化很大一事，沪生全然不知。沪生对我的感情怀疑很多，为此，他苦闷万分。终于，我一句终身相托，一场感情风波立即平息，他也情绪好转。就因为我太爱他了。这一点你应该明白，除了他之外，我不可能爱上第二个人。无奈命运可能会把我们拆开。但在我与他相爱的每一刻，我都会令他高兴，我都有责任帮助他早日恢复健康，你说是吗？由于我已讲出与他结婚，因此，如果他去不成美国，看情形，我是无理由不回头与他结合的。不管他的身体有多差，我有责任陪他度过一生。就像你所讲的，如果我要考虑答案的话，那么，我不能有第二个选择，我必须与他结婚，否则，他的结局会很糟心。或许，这样，我会失去很多东西，但我不会痛苦一生。

这是假情假意的劝导，还是上海那段激情的回光？倪双玉与江沪生，两个曾经热恋的少男少女，在倪双玉去香港八个多月以后，感情渐渐地淡了……

漂泊不定的心思

倪双玉与江沪生的恋情是两个人的故事，也是更多人的故事。在上海的时候，倪双玉就受到同班同学金凯、钟建国等人的干扰。到香港以后，孤独的少女一直像吸引眼球的彩蝶一样难躲男人贪婪的目光。香港本是个"花花世界"，如果所有的爱情都是浪漫主义与物质主义（现实主义）的奇妙组合，都落在浪漫主义与物质主义（现实主义）连线的不同节点上,那么,1980 年代初期,无论是浪漫主义还是物质主义(现实主义),香港都远胜一筹。倪双玉偏爱浪漫主义,到香港以后,在香港男人的浪漫主义"进攻"中,她能坚守上海的那份浪漫的执着吗?

情感是在自我与自身、他人的互动中不断变化着的过程,是在特定时间、空间中存在、被体验的自我感受。作为情感的"自我感受包括躯体的感觉、感性的感受、意向性价值的感受和对自我作为道德的、神圣的或世俗的对象的感受"[1]。像其他情感一样,浪漫主义情感也必然内含道德、价值取向。

倪双玉带着纯洁的浪漫主义离开上海,令她气愤的是,她到香港不久就受到"污浊"的浪漫主义的侵犯。她认识一个香港男孩叫大立,从小一起长大,早年去了香港。她刚踏上香港的土地,大立第一个去接她,并从一开始就对她表达了爱意。双玉想着沪生,没有"接茬"。几次送花,几次浪漫行为,双玉都淡淡地、礼貌地应对。有一天晚上,双玉去

---

① 〔美〕诺尔曼·丹森:《情感论》,魏中军、孙安迹译,辽宁人民出版社,1989 年,第 1 版,第 79 页。

参加一个面试，大立陪去，晚上六点多钟回到公司。此时，公司职工已经下班，但"事情出乎我的意料，他竟然企图强占我。因公司晚上五点以后便没人了，我拼命喊叫当然无济于事，在这种情况下，我就奋起反抗，结果跟他撕打得很厉害，我还受了点伤。不过，在我的'机智勇敢'下，他没能得到我一根毫毛，我逃脱了魔掌。虽然皮肉受了点苦，但是，我保住了清白，从此以后，我再也不会理他，一个野兽、狂徒"。这件事情让她见识了"资本主义香港"，她写道："通过这件事，我又懂得了不少，香港人真是六亲不认的吗？也许，从这以后，我会改变对香港人的友好态度，我会以新的面貌出现。"（日期不详，约 1983 年 11 月。）

但是，香港人对她的"友好态度"没有变，更有许多明里暗里追求她的男青年。1984 年元旦，倪双玉收到很多圣诞卡，其中香港有三个男同事用圣诞卡向她表示了爱意。最令她"发笑"的一张来自香港理工大学的学生，曾在她所在公司实习一个月，就"爱上了她"，圣诞卡上写着"亲爱的天娜"，签名是"你的×××"。她写信告诉堂妹这些事情，但让表妹保密，免得沪生"吃醋"。（1984 年 1 月

2 日）几天以后，又有一位男青年写信给她："近几天我是茶饭无心，心神不宁，坐立不安，想你时只能看着照片度日，恐怕我是生了相思病了。"（1984年1月5日）

我们很难从书信里看到倪双玉如何应对这些追求她的人。她在上海的时候就认为，只要把握好尺度，一个女孩子结交几个异性朋友是"很好的"，而几个追求她的人又是"同事"，她应当与他们有所交往。我们在书信里注意到，在短短一年多的时间里，她至少对四个男人"动情"。

1984 年 6 月 26 日，江沪生的亲戚回美国途经香港，倪双玉去接机，竟然对他"一见钟情"。

青妹，我得告诉你一件极其美妙的事情。上个月二十六日，沪生的亲戚杨家康回美途经香港，当晚我去机场接了他，并帮他办妥转机手续，安排了住宿，第二天又陪他买了些东西，请他尝尝香港人的中午饮茶，还带他去最漂亮的尖沙咀东部看夜景。仅仅一天的时间，我竟与他非常熟悉了，彼此无话不谈，投机万分。真可以像他讲的那讲，我们是一见如故。一天时间虽然短暂，但香港的繁华，加上我这个令他满意的向导，竟使他流连忘返了。我呢？也真有点舍不得他离开，因为我太喜欢与他在一起了，我从来没有想到过，一个年龄大过我十多岁的人竟能与我有一样的思想，共同的语言。我也从来没想到过，一个陌生人竟能给我留下如此深刻的印象，令我第一次感到香港是个可爱的地方。也许，你看了我写的感受会误以为我与他相爱了。但我们永远不可能有这个权利了，在他的心中，或者我的心中，只能叹一声"相见恨晚"。因为他这次回沪探亲，与一个没什么感情的姑娘闪电式地结了婚。也许这是上帝的安排，我与他没有缘分。唉！我真不明白上帝为什么要这样安排，更不明白为什么要让我通过沪生认识一个比沪生更强、更有吸引力的人，但他为什么偏偏是个有妇之夫，太可怕了。青妹，我真希望那只是一场梦，一场梦……

（1984年7月3日）

225

1984年3月9日，倪双玉在给堂妹的信中详细描述了自己"陷入爱河"的过程。她所在的公司有一个厦门大学毕业的男职员，此人与双玉所在部门的三个同事、部长都很熟悉。有一天下班的时候，他主动与双玉"打了个招呼"，从此开始了浪漫的追求。没过几天，那一个晚上，双玉在信中写道："一个轻吻使我们的关系超过了普通朋友。晚上回家，我整夜没能入睡，我恨自己做错了事。为此，我连续几天吃不下饭，睡不好觉，我怕……但偏偏最怕的事一件接着一件。他每天都会来我家聊天……青妹，我真的没脸把这些事告诉沪生，也没脸见沪生。我已不再是他心目中纯洁的女孩子了，因为他说过，我与别人（有事）的话，他就不再爱我。唉！我真的太矛盾了，我真想逃避现实，回来静一下，可这又是不可能的。我告诉他，我要回上海。他说我去哪里，他跟去哪里。我怎么办呢？青妹，人说'一失足成千古恨'。青妹，我太苦闷了，我没地方诉说心中的苦，我只能与你在信中长谈。原谅我，我的好妹妹，你千万不要把这些告诉任何人，我真的没脸见他们了。"

一天以后，双玉又写了一封长信给堂妹，信中写道："前三天发生的那件事使我陷入了更深的痛苦中，因为短短的四天时间，我已不能不承认他在我心中占有了一个小小席位，他的热情、爽快简直与我太合得来了。说实话，我是在毫无思想准备的情况下坠入爱河的。对于他，我了解得太少太少了，但我为了这一段突然到来的情而茶不思、饭不想，甚至整夜整夜地失眠。太可怕了。"（1984年3月10日）

两个月以后，这段浪漫之情仍在继续，但这段感情带给倪双玉的与其说是快乐，不如说是纠结。此时，沪生仍在她心中，两个男人之爱，让她有时变得像个"木头人，一个傻子，真正的傻子"。（1984年5月15日）后来，信中没有交代，这段感情不了了之了。

1984年6月，双玉又被一个男生吸引，她在信中这样写：

青妹，这一个星期以来，我的心里很乱，我很怕自己会坠入爱河，因为"他"集中了金凯与钟建国身上我喜欢的优点，而且，他来港也只是两年，七九届的，我们有很多共同爱好，也有很多共同语言。来港近一年，我始终没能找到一个能理解我的人，也许我们是同乡，几句上海话一讲便有一种亲切感，也能互相理解，不再有那种难以言传的隔阂，虽然，他长得很普通，又是个"穷光蛋"，但他对我来说有一种很强的吸引力。尽管我俩都表示不谈朋友，只是保持普通朋友关系，因为现在不是我们"谈情说爱"的时候，但是，我明显地察觉到这道防线很难守住，关键在于，双方的感情与日俱增，因为我们同是天涯沦落人。青妹，也许你不敢相信，晚上放工回来，我可以从晚上十点半开始，到第二天凌晨两点多钟，在电话中同他讲笑话，当然也讲自己的经历与不幸。共同的命运，把我们这两个互不相识却来自同一个地方的人连在一起了，并使我们成了好朋友，这也许是天意。唉！命运捉弄人，我只能任天命摆布，一切顺其自然了……（1984 年 6 月 19 日）

　　1984 年 7 月 23 日，一位香港六十高龄的富翁请倪双玉到中环喝茶。晚上，两人迈步在景色怡人的维多利亚港，天南地北地聊天。突然，富翁牵上了倪双玉的手，深情地说："我想告诉你，我开始爱上你了！"倪双玉沉默不语。他们继续走着，谈着，谈着爱，谈着形形色色的世界。晚上，倪双玉无法入睡。她想起几天以前去算命，算命先生说她会为秘密恋爱而烦恼，而在她的婚姻一栏中写着"你会和年龄悬殊的对象结婚，并且得到幸福的人生"。难道真的是天降姻缘？她希望这是一场梦、一场梦……（1984 年 7 月 25 日）

对于这次姻缘，倪双玉肯定是犹豫的，那么，其中有点浪漫之情吗？我们可以细细体会几天以后她写下的一段话：

青妹，如果有一天我告诉你，我下决心跟他去美国了，我会跟他一起生活，也许还会给他生下一双儿女，到时，你会怎么想？是不是觉得我太荒唐了，太过分了，太无聊了？青妹，我不敢想象这是事实。我该是沪生的，我爱他，他又那么爱我，他哪里经受得住这样的打击。俗话说，"人生何处不相逢"，如果有一天，我们在美国相遇了，他见到我，我怎么对他说呢？难道我要这样对他说："原谅我，忘记我，因为我已经是别人的妻子了，我是个负心人，我不值得你爱，不值得你思念，你走吧！永远忘记我。"唉！世界太残酷了，那些令人断肠

229

跋 移情别恋的故事

的事竟然会发生在我的身上。青妹，上帝太不公平了，如果我当时不离开上海，那么，这一切又如何会发生呢？命运！我难逃命运的手掌……（日期不详）

　　或许，太多的折腾，倪双玉真的疲倦了，以至于"看透了爱情"，只把它当成肉欲的及时享乐。1985年年初，她结交了一个外国人查理斯，一个"过胖"的、普通的人，她没有考虑过严肃地谈恋爱，没有考虑过嫁给他。她写道："今天我喜欢他，我就'不顾一切'地去爱，他日感情消失，我也不会去追，我信缘分。……一切不要考虑得太长远，就好像我与沪生，当时，我不是死心塌地地认为一定会嫁给他的吗？如今呢？所以，对于感情这回事，我不再像以前那么主动，一切由命运安排。"（1985年2月7日）

　　冷酷的现实消解了纯洁的浪漫之爱。

"香港这个社会改变了我原有的那种单纯和可爱的个性"

　　在上海那些无忧无虑的学生生活中，倪双玉收获了纯洁的浪漫爱情。她高中毕业后就拿到了赴香港的签证，众人羡慕的目光激荡起她心中似梦似幻的情感。她兴奋快乐、心潮澎湃，她被杂乱却美好的憧憬所吸引，压根儿没有意识到正面临着人生的双重挑战："踏上社会"的挑战，"进入香港"的挑战。

这双重挑战是生活本身的挑战。倪双玉不再是衣食无忧的学生，而是一个需要在香港这样的"资本主义社会"中谋生的成人。纯洁的浪漫让位给生存压力下的算计，她下意识地不得不为"稻粱谋"。刚刚到香港的时候，她端着父母的饭碗，心里仍强调着"我却是个爱情至上者，我需要的永远是精神上的满足，有了这个才会考虑物质"。一个多月以后，面临着工作、应聘的压力，她的态度就改变了。香港有个从小和她一起长大的男孩大立，从一开始就追求她，她心中只有沪生，一直回避着。那一天晚上她要去应试，却打电话让大立开车送她。第二天，大立邀请她吃饭，她答应了，心里想"算了，要利用他，我只能陪他吃一餐了"。（1983年10月18日）她"学会利用"追求她的男生了。

1984年春，在香港"资本主义社会"的影响下，倪双玉改变了上海赋予的浪漫主义，变得物质主义（实用主义）了，她在给堂妹的信中写道：

香港这个社会改变了我原有的那种单纯与可爱的个性，我变得现实与"自私"，在选择终身伴侣的问题上，我不再像以前那样将真情放在第一位而不顾其他，现在我会考虑到社会地位与经济基础，学历、外形以及前途。也许没有人敢相信仅仅半年我变了那么多。但我只能说一句，无论是谁，在这个社会中都会变得现实与自我，这是社会制度决定的。如果在上海，我会毫不犹豫地寻找真正的爱情归宿，而在这里，你若不趁年轻去嫁得一个"可靠"的丈夫，那么，你的后半生就不知该如何过了。唉！我真后悔当初随着家人来港。或许，你会说，后悔，那么就回来。可是，你要知道，没有到过这里，我不会羡慕别人在这里生活，最可怕的是现在我已再也下不了决心回沪定居了。我已习惯了这里的生活，要我弃下这里的一切回沪真是谈何容易！唉！总之，我的内心痛苦又矛盾，处在进退两难的境地，我想摆脱，

但这需要时间，也需要付出一定的代价。（1984
年3月22日）

倪双玉变了。但是，心的一角仍留着那份源自上
海的纯洁，时而，那份纯洁会催她"摆脱"。

"摆脱"谈何容易？她始终没有"摆脱"，反
而越来越受"资本主义"的影响。1984年春，她一
直巧妙利用一个感情炽热地追求着她的男青年，因
为这个男青年"对于你我将来都会有帮助，因为你
如到港的话，工作问题可由他替你解决，而我回沪
再返港找工作也可由他解决，因为他朋友很多，（与
我）关系又好，所以，他是一个可'用'之人，不
能轻易放弃，你说呢？"（1984年4月5日）几个
月以后，那个男青年没有利用价值了，倪双玉就轻
而易举地把男青年给"甩了"。在给堂妹的信中，
倪双玉得意地说到自己的"表演"："青妹，别忘了，
姐姐学了半年的表演不会没有收获的。"（1984年
6月19日）

在香港，在众人的追求中，倪双玉也在想着应
该嫁怎样的人。1984年7月，她在信中写道："青妹，
在婚姻问题上，我与你有着一致的观点。我会找一

233

个能把我带去美国、加拿大、英国或其他发达国家的人，因为我身为长女，得为弟弟考虑。香港只有两所大学，如果考不上，只有去留学。所以，这一责任全落在我的身上，我必须在这几年内离开这里，为弟弟读书创造好条件。当然，我也不会糊里糊涂去嫁给一个人，我也要寻找自己的幸福家庭。"（1984年7月13日）

此时，香港一个富翁正在追求她，7月25日，他们第一次正式喝茶、吃饭，漫步在维多利亚港。8月4日，倪双玉在信中谈了自己的"决定"。她最终没有下决心与富翁结婚，但是，在自己没有"闯出一条路"以前，她会"跟他"。"因为与他在一起可以学到太多的东西，'免费教授知识'有什么不好呢？再说，虽然他年纪大了，但我们还是谈得十分投机的，并不会像你想象的那样合不来，他喜欢书法、音乐、文学、摄影，而且还是这方面的高于，所以，爱好上的一致把我们本来应该有的隔阂填平了。"（1984年8月4日）在同一封信里，还可以读到这样的文字：

青妹，我相信，你一定听过这样一句话，"机

不可失，时不再来"。既然我有运气遇到一份
理想的工作，那么，对于我来说，我决不会放
弃的。"人往高处走，水往低处流。"虽然我
现在的工作还可以，但没有发展前途，所以，
我力求争取新的出路。我已经二十二岁了，如
果再不找到一条出路的话，那么，唯有嫁人了。
但我实际上又不想那么早结婚，我怕婚姻的束
缚。唉！很多事实在令我烦恼。社会的现实与
我本来的一些观点冲突很多。有时，我不免对
现实屈服，有时，以前的那种理想与抱负又重
现在我脑海，我又想干一番事业。唉！一切还
是现实点好，空想、幻想虽然美丽，但毕竟是
一场空……

　　此时的倪双玉的所思所想，已与踏上赴香港的
列车时的倪双玉判若两人……

张乐天

2022 年 10 月 25 日

于上海阳光新景寓所

跋　移情别恋的故事

对谈　无声者的书写是织就时代的细密绣线

对谈人：

张乐天，浙江工商大学中外话语研究院特聘教授，复旦大学当代中国社会生活资料中心主任。
安素，"在野"主编。

缘起：从上海到香港

安素（以下为"安"）： 这是改革开放不久，一个上海女孩跟父母搬去香港，1983 年到 1985 年间，写给好姐妹的信。张老师先谈谈，你是怎么发现这组信件的？

张乐天（以下为"张"）： 倪双玉书信的发现是一次"奇遇"，更是因缘巧合。

2011 年，在复旦大学副校长林尚立的支持与直接倡导下，我牵头成立复旦大学当代中国社会生活资料中心，试图建设一个以民间生活资料为特色的资料与研究平台。上海《新民晚报》、复旦大学网站等都刊登了资料中心成立的消息，同时发布了捐赠电话。几天以后，资料中心研究员李甜接到一个电话，对方自报家门，专门做资料生意的。我和李甜抽时间专程去上海大木桥路古玩交易市场找到他，他神秘地拿出一麻袋上海桃浦化工厂的资料，要五千元。我们第一次看到这样完整的资料，急着想收，还不了价，请示林校长后，资料中心收购了第一批企业基层资料。当初，每一次收购到一批资料，我们都满怀兴趣去阅读，同时调整收购的方向。但我们压根儿就没想到过书信。2012 年 1 月，我的博士生陆洋从北京买到一批上海某造船厂技术人员装订成册的书信，翻阅着这些每年装订成一册的书信，我们眼睛一亮：太好了。决定把书信的收购放到优先地位。

我们告诉那位卖家，让他努力寻找书信资源。后来，江西有人也为我们送来了许多书信。就同我们最初收购资料的情况一样，我们渴望着得到更多书信，所以，只要是书信，我们就都收购。但是，2013 年秋天，我们开始整理书信的时候，发现书信太乱了。怎么办？再乱也必须整理，否则没法做研究。怎么整理？我们曾经设想按主题整理，如婚姻家庭，但主题没法准确判断。经短暂尝试，我们确定以收信人为基准整理。2014年春，我们安排学生帮忙做些整理工作，整理的进度与质量都有些问题。2014年夏天，我们专门聘请了两位退休企业基层干部，书信的整理走上正轨。

对我来说，整理倪双玉的信，让我感觉是一桩奇遇，我竟有机会聆听三十年前一个二十出头的小女孩的心灵倾诉！这种洞察打开了了解中国人的恋爱、婚姻与家庭的新视域；这种聆听引导我走进那个女孩的心灵世界，并从中体悟不同的生活世界如何塑造人的主体性，进而从人的主体变化中重新解读不同的生活世界。

这让我真正"发现了书信"。如果说人们的社会生活实践是全部人文社会科学研究的起点，那么，完整的书信恰恰是关于人们社会生活实践最真实、最详细、最独特、最稀缺的基础性资料。

安：我们先来讲讲这组书信的主人公倪双玉和她的家庭情况。

张：倪双玉推测出生于 1963 年的上海。1981 年，她从上海徐汇区某中学高中毕业，应该没有考取大学。由于父母亲都在香港工作，1983 年 8 月，倪双玉踏上了南下的列车去香港。

倪双玉的父亲应该有四兄弟，其中最大的哥哥，倪双玉叫他"大伯伯"，在香港开设租贷公司，同时是一个虔诚的教徒。应该是大伯伯的关系，倪双玉的父母亲有机会去香港工作。

二伯伯在上海，1985 年 3 月 17 日的一封信讲到二伯伯生病住院。

倪双玉的父亲应该排行第三。父亲下面还有一个弟弟，倪青就是这个弟弟的女儿，是倪双玉的堂妹。

书信没有交代去香港的目的，但是，改革开放以后，无数普通人都把香港看成富得流油的花花世界，看成"天堂"，甚至不少人冒着生命危险偷渡。倪双玉没有能力考取大学进行深造，她在香港的亲戚无疑会鼓励她去香港。最重要的是，父母亲都在香港。

双玉的父母都是老大学生，父亲专业不详，母亲读的是自动化仪表专业。父母亲去香港的时间应该是改革开放初期，具体时间不详。父亲与上海交通大学有联系，1984 年，父亲在香港接待过上海交通大学校长。父母曾打算开电脑公司，是否开了？不清楚。

父母在香港应该从事技术工作，收入不错。1984 年他们在香港中环买了公寓，1985 年又买了较大的房子，因为房子装修，倪双玉不得不推迟回上海的时间。

安： 这组信件的收信人都是"青妹"。收信人"青妹"和"双玉"是什么关系？

张： 倪双玉去香港的时候，妹妹倪青才读初中，但是，妹妹读书很差，初中都难毕业，后来，勉强初中毕业，就在上海参加工作。倪双玉与妹妹倪青关系极好，1984 年 1 月 23 日信中说，双玉会想办法说服大伯，让大伯担保妹妹到香港；4 月 5 日，双玉又一次要求大伯帮助。但是，5 月 6 日的信中谈到，大伯要求以倪青的父母同意为前提，才可以提供帮助。倪青的父母似乎没有同意。

倪青仅初中毕业就参加了工作，每月收入仅 30 元多一点。1980 年代初期，科学技术是第一生产力的口号广为人知，对知识的崇拜成为一种风气，无数人千方百计读书，以求人生更上一层楼。在这种气氛中，倪青读不好书，在上海很难发展。倪双玉为她谋划去香港，她自己似乎想象着另一种改变命运的可能性：找一个好的对象。倪双玉在信中多次给"幼稚的妹妹"出主意。

安：搜索1983年香港和上海的照片，可以看到，当年的香港已经灯红酒绿，高楼林立，是一个摩登的现代化都市，而上海街头行人着装色彩单调，街道两侧多是低矮的两层楼，商店多是"农副产品市场"的感觉。当年的香港在上海人眼中是怎样的存在？

张：一句话，倪双玉眼中的香港与上海：城市与乡下。我摘录她信中的一些表述：

"因为几个月前，我还是'乡下妹'一名，品味也是土里土气的，总摆脱不了二十年来的一贯眼光。我很高兴，从外表上我已经与土生土长的香港人没有分别。现在,对我来讲,最重要的是迅速把上海音改掉。"

作为一个年轻女孩，她眼中的香港处在潮流前沿：

"这次在李霞新居拍的几张照片不错，服装搭配很出色，只是与这里的服装潮流比还差一截。不过，我相信，这样的服装在上海已经可以算冒尖了。"

"李霞要一根项链，她想要怎样的？是常戴的，还是拍照或有事时戴的？要假的金色的，还是白金色的，还是要这里流行的那些不用金属制成的项链？这里的饰品种类多得惊人，足以令人眼花缭乱。"

香港人生活质量高，"香港人穿过几次的衣服便不要了，有的还出了钱给人家丢掉"。

"我匆匆忙忙赶回家，因为昨晚是一年一度的香港小姐竞选总决赛。小玩意儿、皮包之类的，我用了三个月便换一个了。"

另一方面，在香港生存下来是辛苦的："一天十一小时站在柜台。""姐姐现在的公司也很累呀！男孩子的活都要干。""不过，有一点你要有思想准备，来港或去澳门是要吃苦的，在适应过程中，你要处处小心，当然最关键的是语言关，最难攻下的也是这一关。"

在她母亲眼里，香港人"对社会公德要求严格""有礼貌""生活节奏快"，这些都是都市文明的特征。

安：双玉一到香港就在"大伯伯"的公司工作，月薪是一千到一千二百元港币。当时上海的平均工资和物价是多少？

张： 1980 年代初，按照中共十一届三中全会决议，全市工作以经济建设为中心，上海经济才开始从计划经济体制向市场经济体制转变。

1982 年，上海复旦大学的一个本科毕业生在上海工作，月收入才五十八元人民币，当年，研究生毕业已经算极高学历，月工资也才八十六元五角人民币。一般职工的月收入才四十元左右，一般干部月收入不到五十元。

倪双玉，一个高中毕业、没有什么技术的女孩，刚到香港，第一个月就拿到工资一千二百元港币，月工资收入起步就有数百元港币。当时，一百元港币可以换三十元外汇券，同时，国家还给一定数量的工业券。工业券实际上也是有价证券，所以，一百元港币几乎接近于二十元人民币。这样一比较，可以看到香港与上海的收入差距十分大。

安： 双玉经常在信中谈到时尚。她会给青妹买最时兴的衣服、饰品和化妆品，从中可以窥见香港物质文明对这个年轻女孩的巨大影响。

张： 如果回到 20 世纪 80 年代初，走到香港的油麻地，与上海的南京路比较一下，各种物资的供销情况几乎是天壤之别。南京路上商品稀少，而且，大部分商品都要凭票供应；只有用工业券购买的友谊商店商品多一些。香港很多商店的商品一直摆到人行道上，令人目不暇接。南货是内地的特产，香港的南北货店东西有几百种，从燕窝、海参、各种人参一直到核桃、葡萄干等各种干货，应有尽有。上海的南货店，仅有的一些糕点都要凭票供应。当年，上海最吸引人的大概是色彩鲜艳的糖果，但也得凭糖票买。上海的服装品种极少，也要布票才能购买。

上海几乎没有美容用品，只有百雀灵等少数几种护肤品；香港美容产品来自世界各地，尤其是法国的美容产品，摆满橱窗。上海几乎没有女人的饰品；香港的饰品从高档到低档不计其数。

上海的所有商品，都没有色彩鲜艳、精心设计的包装，没有多样的风格。香港的服装千种风情、万种花样；上海的服装就只有简单几种几十年如一的式样，甚至连最需要设计的女人的裙子都只有几种可供选择，当然还要布票。上海的糕点有的是用白纸包一下，如上海流行的白片糕；有的甚至是用黄色的草纸包一下。香港的各式糕点品种极多，包装极其精致漂亮。当年，从香港带来的糕点可以是很好的礼品。甚至连最日常的酱菜，都可以区分出"土"与"洋"。

上海的酱菜一般都是散装，从酱缸里拿出来按重量计钱，卖给客人。香港的酱菜都是真空包装，包装上印有彩色图案，连酱菜的色彩都十分诱人！有人从香港带些酱菜回来，上海人还觉得"高级"。

如果看一下比较现代的产品，如手表、照相机、录音机、录像机等，那么，明显能看到上海的"落后"。可以说，1980年代初，上海还几乎没有这类产品，即使有，品种也极少，价格很高。如上海牌手表，当年卖到一百多元一块，值一个工人三个月的工资；还买不到。香港现代产品也满大街都是。

1980年代初，上海人的休闲生活简单单调，还有很多禁忌，如跳舞都有点禁忌，觉得"不大好"。1983年，香港电视剧《大侠霍元甲》引进以后，引起极大轰动；1985年，《上海滩》引进，更是万人空巷。

与西方发达国家相比，内地人更熟悉香港，但是，当年一般人根本不可能去香港。偷渡香港一直到1980年前后都十分猖獗。根据当时政策，需要香港本地亲戚，最好是直系亲属的担保，才可能获得香港签证。

20世纪八九十年代有机会到香港或是国外的日本、欧洲、美国的几乎所有人，都会被靓丽的商品吸引，而亲戚朋友们的期待会形成一种巨大压力。所以，凡有机会出去的，一定要带各种"外国货"回来。我1990年代初开始有机会不断去日本，除了服装以外，我几乎购买了各种商品带回国内，我带过小电器，许多手表，香水，糕点，等等。由于回国送人的压力太大了，因此有的人只得不断推迟回国的时间。有一次，在日本东京，我惊讶地听到几个中国人的谈话，他们认真讨论着到什么地方去买便宜货，甚至假货，回国送人，"反正国内的人不知道"。

我们从书信中看到，倪双玉在香港也面临着不断为国内的亲戚朋友购物的压力，也不得不千方百计寻找便宜实惠的商品。

当年，内地与香港，国内与国外的差别太大了。一直到2000年，特别是2010年以后，那时再出国，我与很多人都觉得"没有什么东西可以带了，国内什么都有，有的还十分便宜"。当然，喜欢名牌商品的人依然在巴黎的老佛爷之类的商店排队购买名牌，那里的名牌商品确实比国内便宜很多。

双玉：我要在香港闯出一条路

安：在通信中，双玉提到最多的是两个话题：

工作和感情。在 1983 年到 1985 年间，她在香港都做过什么工作？

张：倪双玉刚去香港的时候，去了大伯伯的公司工作。但是，不久，她发现大伯伯"有神经病"，几乎会睡每一个新进公司的女孩，就明确告诉大伯伯，自己是他侄女，不是情人，辞职离开了公司。

她曾经不顾母亲等的反对，面试香港某影视公司，没有成功。她当时有两种选择，或者去制衣企业，或者做电脑，其中讲到父母可能会开电脑公司。但没有后文，后来她就在一家公司做个职员。

她对工作似乎一直不太满意。1984 年 7 月，她信中说想应聘中文电脑操作员。1984 年 8 月，疑似准备与富商张先生同居，想学点本事，有机会做个好工作。1984 年 9 月，她信中说想从现公司辞职，找一家离家（中环）近些的公司。

安：当时普通内地人去香港主要做什么工作？双玉信中提到收银员、工厂工人居多？

张：香港 1973 年发生金融风暴，很多香港人抵押房产买股票，结果无法偿还，跳楼。那一年是香港跳楼最多的。香港的这种情况为内地人到香港提供了工作的便利。那个时候，内地的偷渡者，只要一过边境线，进入香港地界，英国人马上发给你身份证。当时，不管是偷渡的人，还是少量通过亲戚关系担保进入香港的内地人，找工作，如果不挑肥拣廋的话，很容易。香港有织布厂、建筑工地等处，都可以去工作。在建筑工地做体力劳动，工资每个月九百元港币；在纺织厂或者做其他工作，有的只有四百元港币左右。1978年开始，内地偷渡去香港的人，即使进入了香港市区，只要被发现，都被押送回内地。

1980年代初开始，各种工作的工资有所提高。但内地人在香港的生活还是辛苦的，从事的大多是低端行业，刚去的内地人还会因为口音问题难以融入。

1970年代中后期到1980年代，内地去香港的人，除非家里有房子，很多人都租"床位"过日子，每一个床位都是一个上、下铺，上铺放东西，下铺睡觉，几个人或者更多人合用一个厨房，在厨房里放一个烧柴油的炉子烧饭烧菜。这样的"床位"租费每个月三十元。也有的人三个人合租一个房间，不到二十平方米，每人每个月出五十元左右。1970年代末，香港的这种合租房子开始逐步装煤气。

对谈　无声者的书写是织就时代的细密绣线

1980 年代中后期，有些"灵活"的香港人开始
与内地做生意，第一波香港人都赚到了钱。当年，
在香港租"床位"的香港人到了内地都很"神气"，
因为是"香港来的"。而香港丰富的物资供应为做
生意提供了极好的机会。

安：双玉在香港的处境还算可以。她能接触到
一些中产阶级的男人，甚至是富商、知名人士。难
怪她在信中让倪青到了香港再考虑个人问题，说到
了香港眼界不一样。与此同时，她在上海的朋友们
处境如何？

张：就生存状态来说，香港比上海好很多，就
工资收入一项，香港是上海的十多倍。

双玉在上海的朋友，从信里面看，大多在高中
毕业后待业或就业，其中可以确定的只有方灵在深
圳读大学。倪青在工作的同时读夜校。沪生也在准
备考托福。

1950 年代后期到 1960 年代，上海十万知青赴
新疆。1970 年代中期以后，先后有六万人回到上海。
其中大部分人需要就业。

1968 年前后，上海约一百万知青到黑龙江、安

徽、江西等地"上山下乡"。1978 年 11 月 23 日，《中国青年报》发表文章《正确认识知识青年上山下乡问题》，透露了中央相关政策的改变。1978 年 10 月 31 日到 12 月 10 日，中央召开全国知青上山下乡工作会议，知识青年回城获得了"默认"。（当年相当一部分知识青年通过"病退"回城，而"病"的证明绝大多数是假的。）

大量知识青年回城突然增加了城市就业的压力。1979 年年中，上海市政府召开"统筹安排知青工作会议"，会议提出"全党动员，广开门路，统筹安排，择优录用"。市政府要求企事业单位创造条件安排知青，但是，大多数知青达不到"择优"的要求。上海基层街道生产组、劳动服务公司发挥了安排知青工作的"主渠道""蓄水池"作用。在 1978 至 1982 年期间，上海共安排 88.6 万名回城知青就业。

上述情况都以不同的方式影响着上海的中学毕业生。1980 年代初，上海高中毕业生的人生选择十分有限。1977 年恢复高考以后，高中毕业生可以通过高考进入大专、大学。1977 至 1979 年，全国高考没有年龄限制，应届毕业生竞争不过历届毕业生。（实际上，历届毕业人的人数也十分惊人。）所以，

对谈　无声者的书写是织就时代的细密绣线

那几年，应届生绝大多数没有升学机会。1980年以后，高考只允许应届生参加，应届生升学机会增加，但由于全国招生数量有限，升学率仍很低。1980年，全国高中毕业生大学录取率仅8%，1981年11%，1982年17%，1983年23%。这就是说，当时大部分高中毕业生没有机会升入大学。当时，上海会安排高中毕业生就业。高中毕业生不属于国家干部，他们没有资格进入政府机关、事业单位，一般都被安排在国有企业。（当年国有企业有不同级别，俗称产业工人、普通工人，两者福利待遇不同，但工资相同。）少数安排在集体企业。国有企业统一工资，月薪四十元左右。（上海1970年代有一句口号：三十六元万岁。意思是人人工资都是三十六元，就破除了"资产阶级法权"。）

在当年的上海，说起来进国有企业工作就不错了。但是，"春暖鸭先知"，改革开放初期，上海虽然"动作很慢"，国内外的相关信息却已经开始流传。年轻人更敏感于外部的信息，他们常常不满于底层工人的身份。这种不满推动了他们的学习热情。

大学、大专、中专毕业生，城市户口的初高中毕业生由国家安排工作，这种制度到1990年代中期

252

开始发生变化。刚开始是放任、鼓励初高中毕业生自找工作，到 1996 年，国家全面取消大学毕业生安排工作制度。

1980 年代，去香港、澳门生活，去日本打工，去欧美留学，是无数年轻学子的梦想。但是，"想出去，关键是要找到愿意出钱的担保人"，这对于绝大多数人来说是不可能的。另一方面，如果去留学，必须考托福 550 分以上，当年，这个分数线也很难达到。

接下来是后话了，十年以后，随着 1992 年邓小平南行，上海国有企业改革启动了。当然，我们不能误认为上海的改革似乎是"上面推动"的。其实，1970 年代后期，改革开放就在农村形成风潮，江浙一带农村乡镇企业的体制、机制极大冲击了上海的国有企业，企业亏损严重，三角债问题更让人头疼。实际上，企业不改革，难以"活下去"。

上海企业改革引发了"下岗"，到 1990 年代末，上海几十万纺织工人几乎全部下岗。有人说，那时候，下午晚些时候到菜场去看看，在那里捡菜皮的，十有八九是下岗工人。根据劳动部门公布的资料，1993 年有下岗职工累计 300 万人，1994 年累计 360 万人，1995 年累计 564 万人，1996 年累计 815 万人，

1997 年累计 1152 万人，1998 年累计 1714 万人，1999 年累计 2278 万人，2000 年累计 2699 万人，到 2001 年 6 月累计 2811 万人。"下岗"困境让全社会纠结，1999 年黄宏在春晚喊了一句"咱工人要替国家想，我不下岗谁下岗"，被舆论狂批。为了防止大量下岗引发的社会问题，上海在 1990 年代中期推出"4050"工程，专门安排下岗职工就业。

安：从信中推算，双玉和她的朋友们都是 60 年代生人。在他们 20 多岁的时候，不管男女，想得最多的都是个人前途问题。在他们面前，似乎有很多机会。比如通过读书、出国来改变人生。所以这组信件给人鲜明的感觉：泼辣辣的欲望，野蛮生长的力量。这似乎是中国从集体主义走出来的第一代。能讲讲他们和他们上一代人的区别吗？

张：人们如此评说 1960 年代出生的人：当我们出生的时候，赶上了三年自然灾害；当我们需要读书的时候，赶上了"文化大革命"；当我们需要就业的时候，赶上了裁员；当我们需要养家的时候，国有企业改制；当我们需要生育的时候，国家只让生一个……

当 1960 年代出生的人高中毕业的时候，正值改革开放初期。此前，国家对所有的城市年轻人都统一安排，包括"上山下乡"。1980 年代开始，正式的大学、中专毕业生算"国家干部"，而城市里的中学毕业生不一定全部能安排工作，因此，他们面临着较大的就业压力。另一方面，原先国家严格禁止的市场行为、创业等，慢慢都开放了，他们开始有了自我选择的机会，例如，自己做生意。国家原先关闭的出国、赴香港等机会，也先后开放了，这给了那些有港台、海外关系的家庭子女难得的机会。很难说 1980 年代个人主义就兴起了，但可以说，由于改革开放带来的机会，也由于国家不"包办"就业，许多个人不得不展开"个人奋斗"，以追求个体的生存与发展；一些人自觉选择自己发展的道路，以追求更好的人生。

纯真的爱只有一次

安：从信中看，双玉是个感情生活丰富多彩的人，她在上海就有好几个男朋友？

张：倪双玉在读高中期间，一共有六七个好朋友，男生主要有江沪生、金凯、钟建国。

倪双玉与这三个男生之间应该在高三的时候都有暧昧关系（1981年），直到1982年10月倪双玉最终与沪生正式成为恋人。情况有点复杂，这一封信讲得较多<u>些</u>。

钟建国一拿到地址就给我来了信，从信中反映不出你讲的这些问题，他对我好像还像以前一样。说实话，如果我自己将来有一天有了事业，有了钱，我是不会忘记他的。如果他没有工作，我更会想办法搞他出来。他实在是个好人。或许有件事我一直瞒着你，我一直认为钟建国比金凯好。为什么呢？从我与沪生的那件事中就可以看出（陈欢也对我讲过一些金凯的为人）。其实，我与沪生那件事发生的时候，我与金凯之间连同学关系也几乎到了保不住的地步。还在很早很早，大约一九八二年春节之后，我与金凯之间的关系已经淡到不能再淡的地步。而在八一年高考结束，金凯去税务局后，我与钟建国之间的感情明显增长，直到我与沪生的事发生，我与钟建国依然非常之好。钟建国其实也知

道我心里很喜欢他的，到底是何原因选择了
沪生，他至今不会明白，但他却在知道我与
沪生一事后没有半句指责我的话。其实他是
有权力讲我的，因为我不止一次不很明白地
表示过自己对他的感情。他当初可能从未走
入过情场，所以，他是很小心的。在我与沪
生感情不断发展的时候，他终于开始支持不
住了，接受了一个自己并不喜欢的姑娘的爱。
这件事你应该知道，那晚我还带他来找过你，
我们还在肇嘉浜路的花园讲了一会儿。还记
得这件事吗？青妹，说实话，这件事，我心
里一直很内疚，我是很对不起他的。虽然事
情已经过去了，但我看见他落到今天这种地
步，我能不关心吗？这次回来，我一定找他
好好谈谈。相信，他会听我话的，这事你就
放心好了。噢！对了，此事千万不能被金凯
知道，否则，他一定会恨死钟建国的。

关于金凯的事，我已决定了，等我回来，
我找他面谈。我与他最多是好朋友，因为他
太好胜，我也好胜，如果两个人结合，且不
讲合不来有多矛盾，就是各自的事业也会受

到影响。他不该找一个像我这样的人，我也不该找一个像他这样的人。如果我在港闯不出一条路的话，我自己没事业，那么，我会早点收山，找个好丈夫，做个贤妻良母。如果我在港有了事业，我一定会以事业为重，家庭为次，我会选择一个像钟建国那样能理家务、会管孩子的人帮我。你说我这样想对吗？至于金凯，我不讲他本身的为人，他对我至少是真心的，那么，沪生不是一样吗？难道沪生不胜过他吗？我与沪生之间的感情，金凯又怎能比呢？尽管沪生身体不好，但他在我心中的位置实在没有人能代替，也永远没人能代替。虽然我知道我不会与他走到一起，但我永远不会忘情。唯有那一次，我是献出真感情的，也尝到了爱情的滋味。纯真的爱只有一次，有的人一次都没有，我得到了，我觉得自己是幸运的。虽然这不是喜剧收场，但这段情是刻骨铭心的，如果你试过的话，你也会像我这样永远记着他。

在倪双玉的上海恋情中，她与沪生确立恋爱关系后，钟建国主动退出，但金凯后来一直暗恋着倪双玉，倪双玉知道这种情况。1984 年 4 月 26 日的信中说到，她回上海时，不敢让金凯去接，"怕他太冲动"；希望金凯放弃追求她的"这一想法"。在 7 月份的两封信中，倪双玉反复想着直接回绝金凯，让他绝望，但似乎下不了决心。

倪双玉与沪生的关系在那篇《移情别恋的故事》中讲得较多，不再重复。

安：从通信中看，双玉容貌姣好，追求者众多，在香港两年间，她也遇到了很多追求者？

张：倪双玉刚到香港，一个叫"大立"的男青年，和她从小一起长大，就想找机会"强占她"，被她断然拒绝。此后，倪双玉的通信中再也看不到"大立"。

她多次在信中写到，没有沪生在，孤独感十足。

1983 年 12 月，信中写到，她在伯父公司工作，伯父想占有她，她明确告诉伯父，自己是侄女，不是情人，准备辞职离开公司。

1984 年 2 月 24 日，她在信中谈到，当初如果不是追沪生，而是追金凯或者钟建国，结局不会那么惨。她用一个"惨"字形容自己的情感状态。

在这几个月里（1983年11月到1984年3月初），倪双玉"利用感情骗过一个王先生"，因为王先生认识人多，有用。后来，王先生"没有用了"，就断绝了关系，连电话也不接听。在1984年6月19日的信中她写到，她会"用表演的方法"。这是唯一一次信中说到王先生。

与王先生断了一个月后，厦大男追求她，并于3月8日、9日"接吻"，超越了普通朋友关系。她陷入爱河。但是，心灵深处仍记着沪生，处于爱的矛盾中。

1984年5月6日，信中第一次说到自己结识了一个"真心朋友"，60多岁的富商，知名人士。此时，与厦大男仍交往着。爱的纠葛。

1984年7月3日，沪生的一个亲戚杨家康从上海回美国途经香港，沪生让倪双玉接待一下。她陪伴一天，几乎一见钟情，感叹相见恨晚。此后十来天，她想象着离开沪生，想象着"找一个能带我去美国的人"。爱的幻想。

1984年7月，香港富商、知名人士张先生连续与倪双玉密切交往，张先生一次次求婚，倪双玉犹豫着，却没有完全回绝。8月4日，倪双玉在信中写到，她很难下决心嫁给张先生，但可以与张先生同居。即使同居，估计时间也很短。

1984年9月7日，倪双玉下决心与厦大男分手。

随着时间的推移，随着倪双玉更多地融入香港的生活与文化，她对爱情的态度也慢慢发生着变化，从强调爱情专一的革命浪漫主义，变为追求当下享乐的"杯水主义"。我们从1985年2月7日的信中可以看到这种变化。那时候，她交往了一个新人，或许是外国人，名字叫查理斯。

信中提到要我描绘一下查理斯的外形。唉！怎么说呢？也许你不敢想象，他的外形是那么普通，用上海人的眼光来看，他是太过胖了，身高大约与钟建国差不多，走出去我们是不登对的。至于他的工作，我考虑过，一切顺其自然，我并没有想过嫁给他，无论是现在还是将来。今天我喜欢他，我就"不顾一切"地去爱，他日感情消失，我也不会去追，我信缘分。如果有缘分，早晚会成眷属，你说是吗？一切不要考虑得太长远，就好像我与沪生，当时，我不是死心塌地地认为一

定会嫁他的吗？如今呢？所以，对于感情这
回事，我不再像以前那么主动，一切由命运
安排。

安：感情问题是信中谈得较多的部分。在这些
信件中，双玉这个女孩很有趣。跟中国传统叙事中
的女主人公不一样，她不是一个依附在男人身上的
角色。她有事业心，始终放在第一位的是个人的发展；
对于爱情，她有"感情至上"的想法，但后来在现
实中也有了变化。她在感情上是感性的，她在信里
屡次谈到自己对沪生的爱，还形容为"纯真的爱只
有一次"，她甚至愿意为了他做牺牲，负担他留学
的钱；另一方面，在香港她很快跟同事交往，约会，
接吻，却自认为不是男女朋友关系，同时又不停地
自我谴责。在她身上，一切似乎是不确定的，这种
不确定构成了这个人物的魅力。怎么看她身上的矛
盾性？

张：到香港前几天，在上海，倪双玉与沪生等
三人曾经有一次关于事业与爱情关系的对话，倪双
玉明确说"我是爱情第一，爱情至上主义者"。到
香港以后，为了赚钱，供沪生出国读书，赢得爱情，

她决心闯进娱乐圈，尽管担心"加入这个圈子会失去家庭的温暖"，但是，"为了爱情，我想再去冒险。我已做好了一切思想准备，我想，为了爱而献出一切的人应是高尚的，死无遗憾的"。（1983年11月5日）

在香港，倪双玉想干出一番事业，为了爱情。但是，她太难了。

一方面，她为爱情而如此努力，沪生却不理解。1984年2月24日信中写道："第二件，我爱演戏，这不是什么心血来潮的事，也不是什么为了虚荣心，但他却这样想：我入这个圈是满足自己的虚荣心。他怕我见得多了之后弃他而去。青妹，如果你是我，你为了自己的爱人去奋斗，为未来的幸福生活奋斗，也为自己的事业奋斗，他却不理解你，你的心里会是什么滋味？特别是说什么虚荣心，一个男性对于把心及一切都献给他的女性如此不放心，也信不过她，她的内心又会如何呢？青妹，老实说，我内心痛苦万分。如果以一个旁观者的身份及观点来分析我与他的将来，那么谁都会讲，我该忘掉那段情，离开他。但作为一个当局者，我真的无法忘记那段情，我希望那段感情有一个好的结局，但严酷的事实不能不使我陷入深深的痛苦中。"

　　另一方面，在香港，倪双玉一个普通高中毕业生，想做一番事业，太难太难了！她常常为"一事无成"而发愁。"有时我真感叹自己这样忙忙碌碌会有什么结果，我会得到些什么呢？随着时光的流逝，也许只有白发爬上额头，事业、理想会成为泡影，我总感到自己会在这忙忙碌碌中毁了，慢慢地消失了，要不是因为心中还存有那么一丝自信，也许我早就倒下了，因为我太累、太累……"

　　为了事业，倪双玉甚至用一些方法结识一些人，利用他们的关系；甚至与富商张先生的交往，以便可以学到更多知识，有利于事业发展。但是，即使如此，她的所谓事业似乎十分渺茫。"社会的现实与我本来的一些观点冲突很多。有时，我不免对现实屈服，有时，以前的那种理想与抱负又重现在我脑海，我又想干一番事业。唉！一切还是现实点好，空想、幻想虽然美丽，但毕竟是一场空……""如果我在港闯不出一条路的话，我自己没事业，那么，我会早点收山，找个好丈夫，做个贤妻良母。如果我在港有了事业，我一定会以事业为重，家庭为次，我会选择一个像钟建国那样能理家务、会管孩子的人帮我。你说我这样想对吗？"

终于，到 1984 年 9 月初，在香港现实生存状态的压力下，倪双玉改变了原先的"爱情至上主义"的观点，明确地说：

> 青妹，我现在才体会到，爱情也许对我来讲，不再占有那么重要的位置了，我盼望将来有一天在事业上有所成就，那么，我就会感到不枉此生也！

这些信件反映的是 20 岁出头的倪双玉的内心，这都是正常的。人总是在抉择中成长。我认为双玉最可贵的是她身上的独立性。

因为父母在香港，倪双玉到香港刚刚半年时间，1984 年春节，父母似乎想叫她嫁人，她不从，与父母激烈争吵，决定搬出去独住。我们注意到在"找对象"这个问题上子女与父母之间的冲突，女子的个人独立性极大增加。

倪双玉有一个小她好几岁的弟弟，作为姐姐，她对弟弟特别关心。特别让人感叹的是，她竟然主动挑起培养弟弟的责任。1984 年 7 月 13 日，她在给妹妹倪青的信中写："青妹，在婚姻问题上，我与你有着一致的观点。我会找一个能把我带去美国、加拿大、英国或其他发达国家的人，因为我身为长女，得为弟弟考虑。香港只有两所大学，如果考不上，只有去留学。所以，这一责任全落在我的身上，我必须在这几年内离开这里，为弟弟读书创造好条件。"

倪双玉与堂妹倪青关系非常好，她几次与大伯伯商量，想把堂妹弄到香港，与自己同住一个屋。她对于堂妹的恋爱十分关心，多次为她出主意。

倪双玉有八九个关系很好的同学，她不断为同学购买东西。看信中关于回上海的安排的描述，可以发现倪双玉性格豪爽、大气，有担当，在她的同伴中应该是一个"大姐大"式的人物。

时代的细节

安： 从通信的频率看，青妹和双玉几乎每个月都要写好几封信，朋友之间还会互相交换照片。现在的时代，信件似乎已经被淘汰了，在那个时代，这是维系感情最主要的方法吗？

张： 1980 年代，中国绝大多数家庭都没有电话。1980 年代中期，城市部分家庭开始装固定电话。1987 年 11 月，广东最早推出移动通信服务。1993 年 9 月 18 日，嘉兴首先开通数字移动电话网。

在整个 1980 年代，如果家里发生重大事件，人们几乎只能打电报相互通知。朋友之间一般就是通过书信来往。书信来往的密度、书信的内容（尤其是书信中涉及多少个人私密的信息）与个体的生存状态相关，也和人与人之间关系的密切程度相关。我们注意到，倪双玉与堂妹关系非常好，两姐妹通过书信诉说悄悄话，自由讨论她们与男人之间的关系。所以，这方面的信息是十分难得的——一个妙龄少女的心态，对男性的看法，纠结和郁闷，等等。

另一方面，1980 年代，中国刚刚从"以阶级斗争为纲"的年代走出来，文化娱乐活动十分少，西方式的消费（如喝咖啡等）也很少，工作时间长，日常生活忙碌。

那个时候，家里烧饭等都十分花费时间。没有煤气，少有电气设备，每天需要生煤球炉子烧饭菜；每天需要花时间处理买来的菜等。那时学习空气很浓，不同年龄阶段的人都需要花很多时间用于学习。学习条件很差，只能花时间"死读"。在这种情况下，年轻人交友的机会稀缺。在上海，看电影、逛马路是重要交友方式。

安： 1980 年代是香港影视业起飞的年代，我在查资料的时候正好看到 1983 年 6 月张曼玉参加香港小姐选美的照片。刚到香港的双玉在这种氛围下，一度认为进演艺圈是一条好出路。与香港的浮华气氛相比，内地的年轻人刚刚处于"解冻后萌芽"的状态。信中提到青妹在上夜校，双玉的弟弟也在补习，当时的年轻人都在学什么？

张： 当时有两个重要事件：

一是 1977 年恢复高考，全国的年轻人有了出路：读书。

二是 1978 年全国科学大会。1978 年 3 月 18 至 31 日，中共中央、国务院在北京隆重召开了全国科学大会，标志着我国科技工作经过"文革"后终于迎来了"科学的春天"。

这两个事件以后，无数中国人都想着一件事：通过各种途径读书，"把十年浪费的时间补回来"。上海这样的城市尤其如此。上海办起了无数夜校，正式规定可以通过业余补习考试获得初中、高中文凭。同时，国家还办起了成人大学、夜大专与大学、自学考试、函授考试，等等，以多种方式开通学习并获得证书的渠道。

例如，我们收集的一组信件中，有上海一对年轻恋人的书信，女的是上海某纺织厂职工，初中毕业，正通过夜校争取获得高中文凭；男的是上海人，正在沈阳参军，也在用业余时间读书考高中文凭。下面是他们的书信摘录：

> 最后希望能保重身体，读书尽力而行。这次您的考试成绩我看还可以的，因为业余的达到这成绩是不错了。好好准备下次再读吧！（1984年4月5日，女致男）

> 这次七月一日考化学，我想如果考不过，下学期不再读下去了，因为从目前的局势来看，如果这次考试后高中毕业文凭没有拿到，下次再考就要多一门政治，这样就有五门课了（政治、语文、数学、物理、化学）。所以我想我这样艰苦地读书，不知要读到哪年哪月了。再讲今后的局势还不知，说不定过一年后，又要再加门外语呢？所以我这次去

考考看，考得过就再读下去，考不过那也就
算了，您说呢？从我近阶段的复习来看，好
像无大的希望，因为有好多地方都不懂，都
要重新学起，这样考试就比较困难了，您讲
是伐？（1984年6月13日，女致男）

安：1980年代的双玉身上，有很多新女性的特
征。比如想当女强人，自由恋爱，也不会绝对忠诚
于某一个男性。最近我读到包笑天的《钏影楼回忆
录》，在1910年左右，妻子只能仰仗丈夫给家用，
丈夫不给家用，妻子只能携了子女异地来讨家用；《读
库》发表的素锦的故事中，在1950年代，留在内地
的妾室因为生计无着，只能去香港投奔丈夫，甚至
不惜把子女丢在内地。张老师收藏的信件，是否能
勾画出1950至1980年代的女性生存状态？

张：中华人民共和国成立以后，几个重要变化
极大改变了女性的生存状态。

其一，新婚姻法颁布，严格规定了一夫一妻婚
姻，彻底废除了多妻、妾、童养媳等。废除买卖婚姻，
提倡自由恋爱。

其二，严厉打击了卖淫、赌博等，整个社会风

气得到改善，这大大有利于女性的生存。

其三，提倡妇女参加劳动，同工同酬。中华人民共和国成立以前，上海的许多女人靠丈夫养活，1950年代中期开始，全国城市采取多种办法为家庭妇女提供工作机会。城市街道、居委会都办起了集体工厂，让妇女出来做最简单的工作，如糊纸盒等。

其四，从中华人民共和国成立初期开始，城市、农村广泛开展扫盲运动，使广大妇女有了文化。

从另一个角度看，一直到1980年，女性的生存都十分艰苦，仅仅维系基本的生活而已。在上海这样的城市中，大多数家庭都只能辛苦工作，维持最基本的生存。其实，当年也只有机会维持最基本的生存，因为所有最重要的生活必需品，都由国家严格控制，凭票供应。供应安排的细分程度令人感叹。例如，每年秋天，每家甚至每一个人可以用粮票买几斤山芋都有严格规定。每家的粮票，细分出可以买几斤籼米、几斤粳米、几斤糯米。油、糖、布一直到香烟、火柴都严格控制供应。肉很少，鱼很少，没有其他荤菜供应，一切都凭票。

上海城市住房的紧张状态令人难以想象。1960年代，我家五口人，仅一个九平方米的房间，厨房

271

间是五六家人家共用的。由于根本没法睡觉，我弟弟长年借宿在父亲姐姐的家中，父亲姐姐家的房子实际上也十分紧张，但他们特别要求让我弟弟过去，因为父亲姐姐没有出去参加工作，我弟弟过去住，我父亲每个月可以给些钱资助他姐姐。父亲姐姐家每天晚上都把吃饭桌子拆掉，铺成床，供睡觉。父亲姐姐家的房子如《七十二家房客》中所描述的，房子中间套房子，楼梯十分窄小，楼梯中间还挖出一个小间，里面住着一户人家。空间太小了，连人都站不起来。正好那个空间住着一个驼背的人，他开玩笑说："我住这里正好，不要弯腰。"

　　女性参加劳动有了收入，但是，她们成为"全世界最辛苦的人"，因为她们与男人一样每天八小时工作，但还承担着为全家烧饭、洗衣等活。请注意，当年没有煤气，全靠一只小小的煤球炉子烧饭。当年没有洗衣机，全靠两只手一件件搓。当年上海无数人家还没有抽水马桶，每天天没亮，就要起来倒马桶。由于煤球炉子火力不够，上海当年有许多老虎灶，为居民供应热水，一瓶开水一分钱。我当年每天的一项重要事情就是去老虎灶排队打开水。有时候，一早就要去，否则要等很长时间（开水烧开需要时间，冲了几瓶，就要等重新烧开）。

当年许多夫妻分居两地，因为大学毕业的话，统一服从国家分配，导致夫妻分开；另一方面，有许多1949年之前结婚的人，男的在上海这样的城市工作，女的、小孩都在乡下。这种夫妻分居家庭，子女基本上都由女人在管。在我的老家浙江海宁陈家场，那些女人从年轻时一直带着几个小孩，虽然男人会寄钱回来，但是平常的日子十分苦，孩子也是"自己在泥堆里滚大"。当年假期很少，夫妻每年只有几天在一起。

到了1980年代，我们从倪双玉身上看到的，是一个摆脱了各种束缚，靠自己谋生，对自己的恋爱婚姻有决定权，各种出路摆在她面前的年轻女孩。女性处境的改善，是不言而喻的。

安：最后我们回到书信。一开始看到这组书信，第一感觉是：好看。这个"好看"是指这组书信的故事性，这是一个年轻女孩去香港后变了心的故事；同时又有丰富的细节，人物内心的转变，一五一十，巨细靡遗，情有可原。

这是这本书的文学性所在。它提供了一个真实生动的人间故事样本，足以成为好的小说素材。另一方面，因为它的非虚构性，对于它所发生的时代来说，有弥足珍贵的历史学价值和社会学价值。您是社会学家，个人书信的整理出版，它的历史和社会学意义何在？

张： 这组书信中的故事"好看"，但仅仅以"变心"解释"好看"的理由，恰恰把触动人心的细节简单化为单纯的道德谴责，忽视了《南方来信》对于时代、历史的价值。

这个故事展现的是一个漂亮的上海女孩突然进入一个陌生的花花世界后的心灵挣扎。

倪双玉，出生于中国最重要的城市上海，成长于上海的"上只角"，而且还是"上只角"里的"好家庭"。她漂亮，聪明，善交际，刚刚品尝了初恋的味道，还"宣布爱情至上"。她"心气高"，怀着梦想到了香港。当她最初拿到香港签证的时候，脸上充溢着骄傲的笑容。想当年，这不知道会引来多少羡慕的目光！吊诡的是，这一切恰恰成为到香港后的"精神苦难"的原因。（看看当年那么多偷渡客去香港，再苦，他们坦然处之，把香港当作"希望的起点"。）

初到香港，琳琅满目的商品、目不暇接的休闲娱乐、自由多样的生活选择都深深地吸引着年轻的姑娘倪双玉。但是，在度过了最初的兴奋期以后，她失落了，自卑了，曾经的"公主"竟然什么也不是了！她的一举一动，她的服饰打扮，更要命的是，她的口音，都会让人投来鄙视的目光。她没有钱，不得不买最便宜的或者打折的商品，想回一次上海都得"算了又算"，因为钱而不得不推迟时间。她才高中毕业，几乎属于"没有文化"，所以，她很难找到一个好的工作，不得不想方设法寻找机会。她是香港的边缘人，"边缘人"身份不断地折磨着她的心灵。

　　更折磨她心灵的是爱的欲望。

　　她"什么也不是"，却是一个漂亮的女孩。在当年的香港，"漂亮女孩"胜过其他一切标签，一定会吸引无数羡慕抑或嫉妒的目光，许多单身男青年和一些"老青年"更会不断投来暧昧的眼神。在香港，她不得不承受三重心灵紧张：一是爱的欲望本身与孤独感之间的张力，二是"爱情至上"与孤独中的爱的渴望之间的张力，三是爱情与金钱之间的张力。

著名历史学家布罗代尔把"日常生活"这个"'未入青史'的王国"引进历史学，在他看来，正是在"没有人去细心观察"的生活中，隐藏着理解历史的秘密。他注意到，日常生活"是在我们充分的意识之外进行的"，但是它是人类生活的大部分，而且更重要的是，"无数行为都是自古继承下来的，无章无序积累的，无穷无尽重复的，直至我辈。它们帮助我们生活，同时禁锢着我们，在我们整整一生中为我们做出决定，指令我们做什么或不做什么"。

　　俗话说：真理存在于细节中。从细节中挖掘真理是对每一个研究者的挑战。

　　社会生活的细节如此重要，所以，多少年来，且不说历史学家，其他如人类学、民族学、社会学、政治学等学科的学者们也加入"挖掘历史细节"的行列中。许多学者深入田野进行个人生活史访谈，一些学者更开展非虚构写作，以便为理解当代历史、社会与文化提供"第一手资料"。

　　就细节而言，成系列的书信资料无疑具有其他任何资料都难以匹敌的优势。此外，另有两个重要特点是书信资料独有的。其一，细腻、丰沛、纷呈、复杂的情感书写；其二，道德与价值观的直白表达。

因此，如果我们搜集到相当数量的当代中国民间书信资料，那么我们就为理解当代中国、中国人提供了此前从来没有见过的新资料，其学术意义难以估量。当代中国民间书信资料是未尝开发的富矿，有待出版界、学术界协同努力去开发，其成果值得期待。我们相信，民间书信书系的出版将会为学术界打开一个窗口，大家可以从这个特别的窗口中"读出""此前无意识的中国"。

以下的几个方面值得期待。

其一，每一组书信都是一个人或者一个家或短或长的生命历程，充满着其他任何资料都难以包含的细节，因此，每一组书信都可能成为人类学家、社会学家分析的个案。"物以类聚，人以群分"。每一个个案是"这一个"，更可以归结为某个类，因此，通过对"这一个"的剖析可以发现"类的真理"。以倪双玉为例，她可以归入"流动人口"这个大类，再可以归入"突然流入资本主义社会的青年人"这个亚类。她的故事反映了改革开放初期有机会到香港、澳门，有机会到美国、欧洲的年轻人的情况，因而具有一定的普遍意义。进一步说，中国开放意味着国家打开了大门，外部世界的一切以不同方式进入，其中中国香港地区及西方国家的文化也如潮水般涌进中国，一个问题出现了：国内的人们，尤其是年轻人，会如何"回应"香港与西方文化？倪双玉的故事可以给出一些有益的启迪。

其二，如果我们进一步出版不同年代、不同时期与爱情、亲情相关的书信案例，那么，将这些不同的案例合起来研究，有益于我们解读、反思当代中国人的情感史。进一步说，甚至可以从许多组不同的书信故事中读出"当代中国人的心灵史"。

其三，足够数量的民间书信将让我们有机会发现左右当代中国历史演化的"潜流"。恩格斯说："历史是这样创造的：最终的结果总是从许多单个的意志的相互冲突中产生出来的，而其中每一个意志，又是由于许多特殊的生活条件，才成为它所成为的那样。"无数个不同意志"不自觉地和不自主地"相互作用，最终左右着历史的方向。我们从民间书信大量感性的描述（如喜、怒、哀、乐、焦虑、恐惧以及喜欢、厌恶等，又如我们的态度、接纳、包容、关注、担心、执着、在乎、嫉妒，特别是我们的希望等）中可读出特定时期老百姓的行为取向，而不同人的行为取向的"合力"就成为影响历史的真正动力。例如，我们从几组 1950 年代的民间书信中读出了一个关键词"希望"，从而发现了"中华人民共和国成立初期的民间力量"。

其四，我们关于当代国家、社会的叙事一般都关注领袖、党和政府、宏观政策、重要事件等，民间书信是"无声者的书写"，是"老百姓的文字"，在积累了相当数量以后，特别是在出版了相当数量以后，可能在双重意义上有助于我们更准确地理解当代中国。

首先，社会生活资料的"底层性"与"细节性"有助于我们更好地把握"历史的延续性"。

其次，我们可能会从某一类资料中发现"从未意识到的"或者"与主流观点"不同的倾向，这有助于我们从宏观上更准确地把握当代中国的演化逻辑。例如，学术界一般认为，中华人民共和国成立以前，代表着中国社会道德、价值的社会阶层应当是有产阶层。有产阶层的家庭更恪守传统道德。中华人民共和国成立以后，他们作为曾经恪守传统道

279

德的群体，是否在传承的价值观上也发生了变化？我们民间书信中有大量资料，可以为这个问题的答案提供基本素材。

总之，民间书信是"金矿"，未经整理的民间书信很难读懂，零乱纷杂。出版民间书信的过程是挖掘、初步纯化矿源的过程，一旦出版，学术界及不同学科的学者就有机会充分利用这个"金矿"去进行学术提炼。不同学科，从不同视角出发，运用不同研究方法，一定有机会做出独特的研究成果。今后，出版社将与大家一起，组织开展跨界合作与交流，让民间书信这个"金矿"在跨界交流的撞击中折射出时代之光。

鸣谢：感谢复旦大学当代中国社会生活资料中心为本书的出版提供基本资料，感谢复旦大学发展研究中心在本书的出版中给予的大力支持。

南方来信

后　记

　　2012 年初春，复旦大学光华楼东主楼 706 室，复旦发展研究院当代中国社会生活资料中心收到了几箱分别来自上海、江西的社会生活资料。怀着像考古人员挖掘古墓般的期待，我与中心研究员李甜、陆洋慢慢打开纸箱。书信！一沓沓书信顿时出现在眼前，有来自北京一对夫妻的数百封家书，更有来自香港的一个上海女孩给妹妹的书信……此后几天，我们认真地读着书信，仔细地琢磨着书信的价值。越读，越注意到书信所具有的其他文字资料无法替代的特殊性；越读，越感悟到书信的学术与社会价值。

　　于是，一发而不可收。在复旦发展研究院的大力支持下，我们优先收集民间书信，不到十年时间，书信的收藏已达到五十万封。

　　我们的书信收集工作引起了广泛关注。我们参与策划中央电视台《见字如面》，为著名的《朗读者》

提供书信资源；我们在中央电视台财经频道、上海电视台、上海东方卫视等做了专题书信节目。各类报纸杂志上大量报道了我们的书信故事。2017 年 3 月，天津人民出版社出版了我所编的《民间书信里的中华美德》（五卷），五个不同时代的爱情故事吸引了很多读者。2018 年，BRILL 出版社出版了我与阎云翔合编的两个北京人的书信：*Personal Letters between Lu Qingsheng and Jiang Zhenyuan*，1961—1986。

与我们收集的海量书信相比，共享的内容十分有限。

我们在等待机会。

经远在美国的同事、朋友程远介绍，2022 年 3 月 8 日，复旦日语系教授邹波给我发来一条微信："张老师好！我和编辑打算周五与您面谈，一起共进午餐，不知是否方便？"早在几天前，邹波就告诉我广西师范大学出版社对书信资料有兴趣，这条微信意味着我们很快将有机会专题讨论书信的出版问题。我立即给予肯定的回复。

好事多磨。第二天，我又收到邹波的微信："张老师早上好。编辑刚才和我联系，因为疫情今天开始居家办公了。见面暂时改至下周。看上海疫情情况。"整整四个月以后，我、邹波才有机会与广西师范大学出版社编辑刘玮正式见面。刘玮女士做事踏实利索。我们一见如故，相谈甚欢，决定一起做好书信资料的出版。

很快，第一本书信录《南方来信》就要出版了。读者可以把它当成一个故事来读，也可以将其视为一个时代的资料见证。此时此刻，我感谢复旦发展研究院一直以来对于社会生活资料中心书信搜集的倾力支持，感谢李甜、陆洋从中心成立之初就为书信资料的共享努力奉献，感谢汪雪芬、王博、王贺以及魏澜等博士后积极参与书信整理、扫描等相关工作，感谢当年商建刚律师提供的法律支持，感谢所有曾经为书信的共享做出贡献的教师、学生以及来自各方的志愿者们。众人拾柴火焰高，众人的参与一定将激活书信资料特殊的历史价值。

最后，我要感谢广西师范大学出版社对于书信出版项目的支持，尤其感谢出版社的编辑刘玮女士。刘玮女士不只是简单地编辑，她也在创作。她设计了一种特别的文本处理办法，把四〇后的我与八〇后的她之间关于书信的解读渗透进编辑的过程，从

后　记

而拓展了阅读的视野。我们相信，在我们大家的共同努力下，从《南方来信》开始，各年代书信的陆续出版将为广大读者打开一扇独特的了解、理解当代中国人、中国社会与文化乃至中国式现代化的窗口。

张乐天

复旦发展研究院当代中国社会生活资料中心主任

2023 年 3 月 31 日

于上海阳光新景寓所

声明

　　为保护当事人隐私，本书中相关人物已作化名处理。本书中的部分社会史料作品经我方尽力寻找作品著作权人后仍无法找到，若您知悉作品权利人的相关信息，请与张乐天联系。联系方式：zhangletian@fudan.edu.cn。

图书在版编目（CIP）数据

南方来信／张乐天编.—桂林：广西师范大学出版社，
2023.9
（小阅读.在野）
ISBN 978－7－5598－6070－5

Ⅰ.①南… Ⅱ.①张… Ⅲ.①长篇小说－中国－当代
Ⅳ.①I247.5

中国国家版本馆 CIP 数据核字（2023）第 096476 号

南方来信
NANFANG LAIXIN

出　品　人：刘广汉　　　　　　特约策划：木曜文化
责任编辑：刘　玮　　　　　　　助理编辑：陶阿晴
装帧设计：李婷婷　　　　　　　营销编辑：徐恩丹

广西师范大学出版社出版发行

（广西桂林市五里店路 9 号　　　邮政编码：541004）
（网址：http://www.bbtpress.com　　　　　　　　　）

出版人：黄轩庄

全国新华书店经销

销售热线：021－65200318　021－31260822－898

山东新华印务有限公司印刷

（济南市高新区世纪大道 2366 号　邮政编码：250104）

开本：787 mm×1 194 mm　　1/32

印张：9.125　　插页：4　　字数：113 千

2023 年 9 月第 1 版　　　2023 年 9 月第 1 次印刷

定价：69.00 元

—————————————————————————————

如发现印装质量问题，影响阅读，请与出版社发行部门联系调换。